U0505972

国家普及类古籍整理图书专项资助项目

中国古代文史经典读本

王安石诗文 选评

高克勤　撰

上海古籍出版社

图书在版编目(CIP)数据

王安石诗文选评 / 高克勤撰. —上海：上海古籍
出版社，2017.8（2022.8重印）
（中国古代文史经典读本）
ISBN 978 - 7 - 5325 - 8497 - 0

Ⅰ. ①王… Ⅱ. ①高… Ⅲ. ①王安石(1021－1086)—
宋诗—诗歌研究 Ⅳ. ①I207.22

中国版本图书馆 CIP 数据核字(2017)第 148158 号

中国古代文史经典读本
王安石诗文选评
高克勤　撰
上海古籍出版社出版发行
（上海市闵行区号景路 159 弄 1－5 号 A 座 5F　邮政编码 201101）
　　(1)网址：www.guji.com.cn
　　(2)E－mail：gujil@ guji.com.cn
　　(3)易文网网址：www.ewen.co
常熟人民印刷有限公司印刷
开本 787×1092　1/32　印张 10.5　插页 3　字数 139,000
2017 年 7 月第 1 版　2022 年 8 月第 4 次印刷
印数：6,101－7,600
ISBN 978 - 7 - 5325 - 8497 - 0
Ⅰ·3179　定价 28.00 元
如有质量问题，读者可向工厂调换

出 版 说 明

　　上海古籍出版社成立六十多年来形成了出版普及读物的优良传统。二十世纪，本社及其前身中华书局上海编辑所策划、历时三十余年陆续出版的《中国古典文学作品选读》与《中国古典文学基本知识》两套丛书各八十种，在当时曾影响深远。不少品种印数达数十万甚至逾百万。不仅今天五六十岁的古典文学研究者回忆起他们的初学历程，会深情地称之为"温馨的乳汁"；而且更多的其他行业的人们在涵养气度上，也得其熏陶。然而，人文科学的知识在发展更新，而一个时代又有一个时代的符号系统与表达、接受习惯，因此二十一世纪初，我社又为读者奉献了一套"新世纪文史哲经典读本"，是为先前两套丛书在新世纪的继承与更新。

"新世纪文史哲经典读本"凝结了普及读物出版多方面的经验：名家撰作、深入浅出、知识性与可读性并重固然是其基本特点；而文化传统与现代特色的结合，更是她新的关注点。吸纳学界半个世纪以来新的研究成果，从中获得适应新时代读者欣赏习惯的浅切化与社会化的表达；反俗为雅，于易读易懂之中透现出一种高雅的情韵，是其标格所在。

"新世纪文史哲经典读本"在结构形式上又集前述两套丛书之长，或将作者与作品（或原著介绍与选篇解析）乳水交融地结合为一体，或按现在的知识框架与阅读习惯进行章节分类，也有的循原书结构撷取相应内容并作诠解，从而使全局与局部相映相辉，高屋建瓴与积沙成塔相互统一。

"新世纪文史哲经典读本"更是前述两套丛书的拓展与简约。其范围涵盖文学经典、历史经典与哲学经典，希望用最省净的篇幅，抉示中华文化的本质精神。

该套丛书问世以来，已在读者中享有良好的口碑。为了延伸其影响，本社于 2011 年特在其中选取十五种，请相关作者作了修订或增补,重新排版装帧,名之为"中国古代文史经典读本",以飨读者。出版之后,广受读者的好评,并于2015年被评为"首届向全国推荐中华优秀传统文化普及图书"。受此鼓舞,本社续从其中选取若干种予以改版推出,并得到国家有关部门的支持,多种获得2016年普及类古籍整理图书专项资助。希望改版后的这套书能继续为广大读者喜欢,为弘扬中华优秀传统文化作出贡献。

上海古籍出版社

2017年6月

目　　录

117 /　　　三、在京为官（1055—1063）

190 ／　　　**四、居丧讲学**（1063—1067）

导　言

糟粕所传非粹美，丹青难写是精神。

——《读史》

　　王安石生前写的这两句诗体现了他对历代史籍所载事实的真知灼见，饱含着他对现实生活中人物评价毁誉不一的真实感受。也许，正是由于王安石对历史的深刻了解和对现实的透彻体悟，他对自己身后的是非也有充分的估计。他的这两句诗，也是对后人关于其历史功过的记载和评价的贴切概括。

　　作为北宋著名的政治家、思想家、文学家，王安石不仅以其文学成就彪炳千秋，而且更以其政治革新的剧烈和思想学说的创新而影响当时。王安石首先是作为一位政治家、思想家而出现在北宋的历史舞台上。他曾两度执政，倡导变法，权倾天下，在当时的地位及对后世的影响都是历代文人难以望其项背的；也正因如此，他在生前和身后都受到了大相径庭的评价。九个多世纪以来，人们对他的政绩聚讼纷纭，争论不休；而对他的文学成就，却几乎是众口一词地给予了高度评价。

王安石，字介甫，晚号半山，抚州临川（今属江西）人。封舒国公，改封荆国公，世称"荆公"。卒谥文，故后人又称王文公。他生于宋真宗天禧五年（1021），卒于宋哲宗元祐元年（1086）。他从事政治、学术和文学创作的年代，主要在仁宗、英宗、神宗三朝，也正是北宋王朝开始陷于积贫积弱境地的时候。当时，宋朝开国已近百年。自从结束了五代十国分裂割据的混乱局面之后，宋朝潜在的内外矛盾便开始暴露。国内，官僚队伍臃肿腐败，军队骄横而缺乏战斗力，土地兼并越来越严重，这一切加重了人民的苦难，导致社会矛盾日趋激化；对外，宋朝还面临着辽和西夏两个少数民族政权的侵扰。为换得边陲的暂时安定，宋朝每年要向辽、西夏输纳大量银绢作为"岁币"，这一沉重的经济负担又落到广大人民的身上,更加重了人民的苦难。作为一个政治家,王安石从青年时代踏上仕途开始,就把自己的一生同宋王朝的命运密切地联系在一起。当他执政之后,更是把全部精力倾注于政治活动之中,其进退也随着由他倡导的变法运动的发展而变化。有意味的是,当新法被推翻时,王安石也走完了他的人生道路。在中国古代历史上,几乎没有一个文学家像王安石那样与政治的关系如此密切。

王安石本人也以政治家立命,而耻以文士自名。他从小接受了传统的儒家思想,立下了建功立业的大志。因此,他的文学思想也表现出政治家的色彩,宗旨在于经世致用,重道崇经。王安石强调"文章合用世"(《送董传》),"务为有补于世而已矣"(《上人书》),把文学的内容囿于"礼教治政"的范围,但并不轻视艺术形式,主张"文贵自得"(同前),以尽言其志。带有实践色彩,具有广泛的现实内容,这是王安石文论的一个特色。

王安石的诗文创作实践,虽然与他的文学主张之间存在着不尽相符之处,但总的说来还是后者的具体表现。其显著特点是,题材和数量随着政治活动的发展变化而呈现出相应的发展变化。因此,按照王安石各个时期的政治活动来考察他的文学创作,能够比较清晰地看出其诗文发展变化的轨迹。循着这一轨迹,这本小书将通过对选录的王安石各个时期创作的文学作品的具体评述,向读者展示王安石文学创作的巨大成就,凸现出王安石作为文学家的一面;并力图在评述其文学作品的同时,呈现出王安石作为政治家和思想家的一面。至于对王安石的政治活动和思想主张作具体的评述,则不是这本小书所能承担的任务了。

一、入仕前后（1021—1046）

宋真宗天禧五年（1021）十一月十二日，王安石诞生在临江军清江（今江西省清江县）府治内。他是时任临江军通判的王益的第三个儿子。王益的前两个儿子安仁、安道，为其前妻徐氏所生。王益续娶吴氏，即安石的生母。吴氏生有五子三女，安石以下，有安国、安世、安礼、安上四弟和三个妹妹。

王安石的先祖是太原人，后来迁徙到临川。他的曾祖父王明、祖父王用之都是布衣终身。临川王氏一族以儒术起家始自王安石的叔祖王贯之，他登宋真宗咸平三年（1000）进士榜，官至尚书主客郎中。王安石的父亲王益为宋真宗大中祥符八年（1015）进士，一直在南北各地为官。在安石出生之前，王益已做过建安主簿等职；以后，又先后出任过临江军通判，新淦、庐陵、新繁等县知县，韶州知州等职。王安石的母亲吴氏为金溪（今江西省金溪县）乡绅吴畋之女。金溪距临川不远，吴家是金溪的大族。吴畋之兄吴敏为宋太宗淳化三年（992）进士，王安石的妻子吴氏就是吴敏的孙女。

王益虽然只做过几任地方官吏，但胸怀大志，留心国事，"自任以世之重也"（王安石《先大夫述》）。安石曾回忆父亲道："先人之存，某尚少，不得备闻为政之迹，然尝侍左右，尚能记诵教诲之余。盖先君所存，尝欲大润泽于天下，一物枯槁，以为身羞。"（《答韶州张殿丞书》）王益为官清廉刚直，不惧权贵，所至皆有善政。宋仁宗天圣八年（1030），王益以殿中丞知韶州（今广东省韶关市）。韶州是一个少数民族杂居的地方，王益到任后，移风易俗，又号大治。他的政绩，曾被当时的儒学大师胡瑗采入所编《政范》一书，作为官吏学习的典范。对于子弟，王益从不打骂，经常在饭前酒后，"从容为陈孝悌仁义之本，古今存亡治乱之所以然"（王安石《先大夫述》）。父亲的言行给安石以极大的影响，他从小就受到了儒家思想的熏陶。

王安石青少年时代的家境还是比较清寒的。王益由于仕途蹭蹬，收入不丰，在故乡临川"无田园以托一日之命"（王安石《上相府书》），因此每次赴任总是携家眷同赴任所。王安石在少年时期，就已随父母到过江西、四川、广东和江苏的不少地方。他以后经常回忆起少年时期的生活，留下了"匡庐与韶石，少小已尝蹟"（《韩持国从富并州辟》）一类的诗句。少年时期的这种流转不定的生活，开阔了王安石的视野，使他早涉世事，对下层生活和民间疾苦有亲身的体验和感受。

明道二年（1032），安石的祖父在故乡临川逝世，他随丁忧的父亲从韶州回临川，在故乡住了三年。临川是抚州府治，地处江西省东部，与福建接邻，武夷山绵延东境，境内丘陵广布。临川初名临汝，得名于县境内的汝水和临水两条河流，隋朝起定名为临川县。临川依山傍水，风景秀美，境内多山水名胜，县城东南的灵谷山等处更是闻名遐迩。安石祖父的灵柩，就安葬在灵谷东北数里的日月塘。少年王安石对故乡的山山水水充满了感情。县城内外的清风阁、鲍公水、犨龙轩等地，都留下了他的足迹，以后也一直萦绕在他的心头，出现在他的诗文中。王安石这时还常去金溪舅舅家玩。舅舅家在金溪的乌塘，此地又名乌石冈，乌石冈以西二十里有一个地方叫柘冈，以辛夷树闻名。安石为这里优美的景色所吸引，流连忘返，以至多年后他还写下了怀念此地景色的《乌塘》一诗：

> 乌塘渺渺渌平堤，堤上行人各有携。试问春风何处好？辛夷如雪柘冈西。

这首诗描写乌塘春天的景色，虽仅寥寥几笔，而浓浓之情却深寓其中。

景祐三年（1036），王益服丧期满赴京叙职，安石也随父亲来到了京师汴梁（今河南省开封市）。次年四月，王益被任命为江宁府（今江苏省南京市）通判，安石又随父赴任。从此，王安石一家就和江宁结下了不解之缘，江宁成了他的第二故乡。王益在江宁为官不到二年，便因病于宝元二年（1039）二月卒于任上，终年四十六岁。父亲的早逝，使这个有着"内外数十口"的大家庭陷入了"贫苦不足"（王安石《上相府书》）的困境，也使青年王安石感受到了生活的艰辛。父亲死后，王安石继续"从二兄入学为诸生"（王安石《李通叔哀辞》），刻苦学习儒家经典。科举制度是宋代知识分子的主要进身之阶，王安石的父亲也是由进士及第而起家的。对于王安石来说，科举是他当时进身的唯一选择。王安石早就意识到这一点，明白如果少年时不立志努力，则终生将一事无成。到江宁后，他就谢绝参加婚丧庆吊一类应酬俗事，整日以读书为业。如他在诗中所写的那样：

> 端居感慨忽自寤，青天闪烁无停晖。男儿少壮不树立，挟此穷老将安归？吟哦图书谢庆吊，坐室寂寞生伊威。材疏命贱不自揣，欲与稷契遐相晞。
>
> （《忆昨诗示诸外弟》）

伊威是一种在壁角潮土中生的湿虫。"生伊威"说明主人足不出户以致室内不通风，或者是主人无暇打扫卫生，由此可见王安石读书时刻苦专心的程度。稷、契是传说中尧舜时代的两位贤臣。王安石企慕稷、契,表明他从青年时代起就立下了经邦济世的大志。经过几年的刻苦学习,王安石对于古代的历史文化,尤其是儒家经典,已经有了比较广泛的了解,做好了参加进士考试的准备。

宋仁宗庆历元年(1041)春,仁宗下诏次年春举行礼部考试。王安石这时在江宁已服丧期满,闻讯后即打点行装,赴京应试。次年正月,王安石顺利通过了策、论、赋和贴经墨义四场考试。三月,经御试,王安石高中进士,且在众多的考生中名列第四。王安石进士及第后,被任命为"签书淮南节度判官厅公事"(简称"签判"),离京去扬州就职。这年八月,安石到达扬州,开始了他的仕途生涯。

扬州是东南大郡,地处长江北岸、大运河南端,早在唐代就已成为南北交通的枢纽,当时为淮南路的治所。北宋全境当时分为十八路,淮南路辖境广阔,是其中重要的一路。王安石到扬州时,知州是曾任参知政事(副宰相)的宋庠。宋庠与弟弟宋祁齐名,都是北宋著名的儒臣和诗人。宋庠对王安石的才华十分欣赏，上下级的关系十分融洽。次年，宋庠调知郓州（州治在今山东东平）。扬州的部属按照宋庠的意愿，在府署边建了一座园亭。这年四月落成后，王安石写了《扬州新园亭记》一文，这是他现存作年最早的一篇记叙文。王安石在文中赞扬了宋公"化清事省"的为政目标及其治理政事"不烦其民"的特点，从而指出了撰文的本意。这篇文章当是奉命而作，而王安石在扣题的同时也表明了自己的观点，他为文不苟作的原则也于此初露端倪。

王安石到扬州后不久，北宋政坛上掀起了一场风暴。庆历三年四月，仁宗任命主张改革的大臣韩琦、范仲淹为枢密副使；八月，又任命范仲淹为参知政事，富弼、韩琦为枢密副使。范仲淹执政后，在韩琦、富弼、欧阳修等人的支持下，提出了"明黜陟、抑侥幸、精贡举、择官长、均公田、厚农桑、修武备、覃恩信、重命令、减徭役"十事作为改革纲领，由仁宗下令颁行全国，史称"庆历新政"。庆历新政虽然触及北宋官僚制度、科举制度等方面存在的弊端，但是没有触及权力高度集中和土地兼并这两个北宋社会的主要弊端。尽管如此,庆历新政还是遭到了保守势力的强烈反对。庆历五年正月,范仲淹以"朋党"罪被罢职;富弼、韩琦、欧阳修均受牵涉,不久分别出知郓州、扬州、滁州。庆历新政实际实施不到一年,就至此宣告失败。

初入仕途的王安石,充满了理想和锐气。他到扬州赴任后不久,曾写有《上田正言书》,责备田某作为谏议官,在"国之疵,民之病亦多矣"之时,未能"建一事瘳主上";认为这样做官只是"猎取名位",应该"不矜宠利,不惮诛责,一为天下昌言,以瘳主上,起民之病,治国之疵"。庆历三年四月,当他从邸报中得知范仲淹、韩琦任枢密副使时,十分兴奋,写下了《读镇南邸报癸未四月作》一诗:

> 赐诏宽言路,登贤壮陛廉。相期正在治,素定不烦占。众喜夔龙盛,予虞绛灌憸。太平讵可致,天意慎猜嫌。

他欢呼范仲淹、韩琦等贤臣像舜帝时的贤臣夔、龙一样得到任用,同时也担忧有奸佞的小人阻挠改革的进程,期望仁宗能始终如一地支持改革。事态的发展,证明了王安石的忧虑是有道理的,这也显示出青年王安石具有敏锐的政治眼光和冷静的政治家的素质。

庆历革新促使王安石对宋代社会进行广泛的思考。他深受改革思潮的影响,开始与范仲淹、欧阳修等改革派领袖交往,并在作文方面得到欧阳修的指导。欧阳修见到门生曾巩转来的王安石的文章,极为赞赏,"爱叹诵写不胜其勤",将这些文章选入他编的《文林》一书;并请曾巩转告安石,要"少开廓其文,勿用造语及模拟前人","孟、韩文虽高,不必似之也,取其自然耳"(曾巩《与王介甫第一书》)。欧阳修的这些教诲,对于王安石确立自己的文章风格,是很有针对性的。

由于签书判官是一个比较清闲的幕僚职务,王安石便乘此机会刻苦读书。他喜欢博览群书,而且能不耻下问,"自百家诸子之书,至于《难经》、《素问》、《本草》,诸小说,无所不读;农夫、女工,无所不问"(《答曾子固书》)。扬州是当时以繁华著称的商业城市,城内店铺林立,商贾云集,不但有许多茶肆酒楼一类休憩场所,而且秦楼楚馆之类声色玩乐之处也不少。一到夜间,扬州更是一派灯红酒绿、纸醉金迷的景象。然而,王安石对这一切却是视而不见,听而不闻。他经常通宵达旦地读书,以致次日早晨来不及盥漱,就入府办公。新上任的知府韩琦起初见此情景,还误以为王安石沉湎于酒色之中,劝告他道:"君少年,无废书,不可自弃。"(《邵氏闻见录》)不久,韩琦知道了原委,对王安石很是赞赏。当王安石离任后,韩琦还念念不忘他。一次,有人给韩琦一信,信中多用古字,韩琦读后,笑着对僚属说:"惜乎王廷评(指王安石)不在此,此人颇识难字。"(《涑水纪闻》)可见,王安石当时已以博学著称。

经过刻苦的学习和探索,王安石收获很大。他不仅熟悉古代经典,而且根据自己对社会现实的认识,开始对宋代社会和学术等问题作系统的思考。扬州时期,不仅是王安石政治生涯的开始,而且也是他文学创作和学术活动的发轫期。他这一时期的诗作不多,而散文创作则比较活跃。总的特点是内容比较丰富,题材比较广泛,具有强烈的现实针对性,反映了王安石对现实生活的观察和思考,并初步形成了自己的艺术风格。

送孙正之序①

时然而然,众人也②;已然而然,君子也③。已然而然,非私己也④,圣人之道在焉尔⑤。夫君子有穷苦颠跌⑥,不肯一失诎己以从时者⑦,不以时胜道也⑧。故其得志于君,则变时而之道⑨若反手然⑩,彼其术素修而志素定也⑪。时乎杨、墨⑫,已不然者,孟轲氏而已⑬。时乎释、老⑭,已不然者,韩愈氏而已⑮。如孟、韩者,可谓术素修而志素定也,不以时胜道也。惜也不得志于君,使真儒之效不白于当世⑯,然其于众人也卓矣⑰。呜呼!予观今之世,圆冠峨如⑱,大裙襜如⑲,坐而尧言⑳,起而舜趋㉑,不以孟、韩之心为心者,果异众人乎?

予官于扬㉒,得友曰孙正之。正之行古之道,又善为古文,予知其能以孟、韩之心为心而不已者也。夫越人之望燕㉓,为绝域也㉔。北辕而首之㉕,苟不已㉖,无不至。孟、韩之道去吾党㉗,岂若越人之望燕哉?以正之之不已,而不至焉,予未之信也。一日得志于吾君,而真儒之效不白于当世,予亦未之信也。正之之兄官于温㉘,奉其亲以行,将从之,先为言以处予㉙。予欲默,安得而默也?庆历二年闰九月十一日送之云尔㉚。

① 孙正之:孙侔,字正之,一字少述,吴兴(今属浙江)人,终生隐逸不仕。序:指赠言,和序跋的序不同。

② “时然”二句:意谓时俗崇尚这样就跟着这样,是普通人的处世态度。时,时俗,一时崇尚。然,如此。众人,普通的人,这里指世俗之辈。

③ “己然”二句:意谓自己认为这样正确就这样去做,是君子的识见。君子,指有道德的人。

④ 私己：自以为是的意思。私，偏爱。

⑤ 圣人之道：指儒家的政治主张和道德伦理观念。焉尔：于此而已。

⑥ 颠跌：跌倒。引申为困苦。

⑦ 诎（qū）：屈服。从：顺从，追随。

⑧ 不以时胜道：意谓不苟合于时俗而损丧道义德行。

⑨ 变时：改变时俗潮流。之：往，到。

⑩ 反手：把手一翻。比喻事情容易办到。

⑪ "彼其术"句：意谓那是他的学术素有修养，志向早已确定了。术，学术。

⑫ 杨：指杨朱，战国初期哲学家。相传他主张"贵生"、"重己"、"为我"等思想，反对墨子的"兼爱"和儒家的伦理思想。墨：指墨翟（dí），春秋战国之际思想家、政治家，墨家的创始人。主张"兼爱"、"非攻"、"尚贤"、"尚同"等思想，而不满儒家的"礼"等学说，在当时影响很大，与儒家并称"显学"。有《墨子》传世。

⑬ 孟轲：战国中期思想家、教育家，为当时儒家学派的代表人物，被认为是孔子学说的继承者，有"亚圣"之称。著作有《孟子》。

⑭ 释：佛教创始人释迦牟尼的简称，后泛指佛教。老：先秦哲学家老子的简称。老子后被道教奉为始祖，故这里泛指道教。

⑮ 韩愈：唐代著名哲学家、文学家，思想上尊儒排佛，力反六朝以来的骈偶文风，提倡散体，与柳宗元同为古文运动的倡导者。著作有《昌黎先生集》。

⑯ 效：效用。不白：不明白。这里指效用不能明显地表现出来。

⑰ 卓：卓越。

⑱ 冠：帽子。峨如：高高竖起的样子。

⑲ 裙：古指下裳，男女同用，与今专指妇女的裙子不同。

⑳ 尧：又称陶唐氏，史称唐尧，中国古史传说中的部落联盟领袖，相传在位九十八年，后禅位于舜。

㉑ 舜：又称有虞氏，史称虞舜，中国古史传说中的部落联盟领袖，相传在位十八年，后禅位于禹。尧、舜都是古史中称颂的贤明君主。趋：小步而行，表示恭敬。

㉒ 扬：扬州（今属江苏），当时为淮南路的治所。

㉓ 越：春秋战国时的古国，其地在今浙江绍兴一带，后也称此地为越。燕：周代分封的诸侯国，其地在今河北北部和辽

宁西端,后也称此地为燕。

㉔ 绝域:极远的地方。

㉕ 辕:驾车用的直木或曲木。这里用作动词,指驾车。首:首途,启行。

㉖ 苟:假如。已:停止。

㉗ 去:离开。吾党:我辈。

㉘ 温:温州,治所在永嘉(今浙江温州)。

㉙ 处予:安慰我。处,犹安。

㉚ 庆历二年:1042 年。庆历,宋仁宗赵祯的年号(1041—1048)。云尔:语末助词,犹言如此。

本文作于宋仁宗庆历二年(1042)。王安石进士及第后,即赴扬州任签书淮南节度判官厅公事。在扬州,他与孙侔认识并成为挚友。不久,孙侔随父母、兄长去外地生活,王安石为此写了这篇序送给孙侔,对好友寄予了殷切期望。

作为惜别赠言的文章,赠序的内容一般多为推重、赞许或勉励之辞,本文虽也不例外,但重点却放在互勉这一点。为此,文章一开始就提出了一个君子的标准,认为作为一个君子应该像孟轲、韩愈那样独立行世,而不能像普通人那样随波逐流、附和时俗;而要做到这样,就必须有学术修养和确定的志向。王安石在这里明确表达了自己企慕孟轲、韩愈,希望能"得志于君则变时而之道"的志向。文章接着顺势引出孙正之,指出正之以孟轲、韩愈为榜样,"行古之道,又善为古文",一定能达到君子的境界。这是作者对正之寄予的很高的期望,实际上也是自勉。

　　本文是王安石现存散文中作年最早的一篇。王安石青年时期就有致君尧舜、以天下为己任之志,从本文中也可看到这一点。可以说,本文是他步入仕途时表明自己政治抱负的宣言。

张刑部诗序①

　　刑部张君诗若干篇,明而不华②,喜讽道而不刻切③,其唐人善诗者之徒欤④!

君并杨、刘生⑤。杨、刘以其文词染当世⑥,学者迷其端原⑦,靡靡然穷日力以摹之⑧,粉墨青朱⑨,颠错丛庞⑩,无文章黼黻之序⑪;其属情藉事⑫,不可考据也⑬。方此时,自守不污者少矣⑭。君诗独不然,其自守不污者邪? 子夏日:"诗者,志之所之也⑮。"观君之志,然则其行亦自守不污者邪,岂唯其言而已⑯!

界予诗而请序者⑰,君之子彦博也⑱。彦博字文叔,为抚州司法⑲,还自扬州识之,日与之接云。庆历三年八月序⑳。

① 张刑部:名保雍,字粹之,官至刑部郎中。事迹详见曾巩所撰《刑部郎中张府君神道碑》。

② 明:明白晓畅。华:华丽。

③ 讽道:讽喻。刻切:刻板。

④ 其:大概。徒:指同类的人。

⑤ 并:同时。杨:指杨亿,宋真宗时曾任翰林学士兼史馆修撰,与刘筠、钱惟演等人诗歌唱和,作品编成《西昆酬唱

集》,时号西昆体。其诗学李商隐,形式上追求词藻华丽,堆砌典故。刘:指刘筠,曾任翰林承旨兼龙图阁直学士。其诗和杨亿齐名,时称"杨刘"。

⑥ 染:沾染,引申为影响。

⑦ 端原:方向,途径。

⑧ 靡靡然:倾倒的样子,形容崇拜的程度。穷日力:耗尽时间和精力。穷,极,尽。摹:摹拟。

⑨ 粉墨青朱:比喻作品中堆砌了色彩华丽的词藻。

⑩ 丛庞:庞杂。

⑪ "无文章"句:意谓没有文章结构组织的次序。文章,本指错综华美的花纹。黼黻(fǔ fú),本指古代礼服上绣的花纹。黼,黑白相间。黻,黑青相间。这里比喻文章的结构。

⑫ 属(zhǔ)情:抒情。藉事:犹用事,指引用典故。

⑬ 考据:即考证,指对古籍的文字意义及古代的名物典章制度等进行考核辩证。

⑭ 自守不污:坚持自己的操守而不同流合污。

⑮ 子夏:孔子的学生,相传《诗》、《春秋》等儒家经典是由他传授下来的。本句语出《毛诗大序》。

⑯ 岂:难道,岂止。唯:只是。言:指文词。

⑰ 畀(bì)：给予。

⑱ 彦博：即张彦博，事迹详见王安石所撰《尚书司封员外郎张君墓志铭》。

⑲ 抚州：今属江西。司法：司法参军的简称，为州里负责议法断刑的官员。

⑳ 庆历三年：1043 年。

庆历三年（1043），王安石曾因公差，由扬州顺路回故乡临川，应友人张彦博的请求，为其父的诗稿写了这篇序。

作为书序（亦作"叙"）这种文体，或说明著述或出版目的，或介绍编次体例和作品情况，或对作家作品进行评论。本文的重点就在后者。王安石在文中首先对张刑部诗的特色作了概括，称赞其诗"明而不华，喜讽道而不刻切"，合乎唐诗的规范；然后，作者又将张刑部诗与当时其他诗人的诗风相比较，对于北宋初年以杨亿、刘筠等为代表的"西昆体"华而不实的形式主义诗风深感不满，从而进一步称赞了张刑部诗不趋流俗、自成一家的特色。王安石认为，作诗一定要有思想内容，只知堆砌词藻而其"属情藉事"却"不可考据"的文风必须坚决反对。在这种文风泛滥时必须坚决顶住，至少也要做到"自守不污"，这不仅是文风问题，也是人品问题。文章强调要继承儒家文论"诗言志"的传统，表明了王安石的文艺观，是他现存最早的一篇文论。

灵 谷 诗 序

吾州之东南有灵谷者[①]，江南之名山也。龙蛇之神[②]，虎豹、翚翟之文章[③]，梗楠、豫章、竹箭之材[④]，皆自山出。而神林、鬼冢、魑魅之穴[⑤]，与夫仙人、释子、恢诡之观[⑥]，咸付托焉[⑦]。至其淑灵和清之气[⑧]，盘礴委积于天地之间[⑨]，万物之所不能得者，乃属之于人[⑩]，而处士君实生其阯[⑪]。

君姓吴氏，家于山阯，豪杰之望[⑫]，临吾一州者⑬，盖五六世，而后处士君出焉。其行，孝悌忠信⑭；其能，以文学知名于时。惜乎其老矣，不得与夫虎豹、翚翟之文章，楩楠、豫章、竹箭之材，俱出而为用于天下，顾藏其神奇⑮，而与龙蛇杂此土以处也。然君浩然有以自养⑯，遨游于山川之间，啸歌讴吟⑰，以寓其所好⑱，终身乐之不厌，而有诗数百篇，传诵于闾里⑲。他日，出灵谷三十二篇，以属其甥曰⑳："为我读而序之。"惟君之所得，盖有伏而不见者㉑，岂特尽于此诗而已？虽然，观其镵刻万物㉒，而接之以藻缋㉓，非夫诗人之巧者㉔，亦孰能至于此㉕？

① 吾州：指王安石的故乡抚州（今属江西）。灵谷：山名，在抚州东南。

② 神：神奇。

③ 翚翟（huī dí）：羽毛五彩的长尾野鸡。文章：即纹彩。

④ 楩（pián）楠、豫章：皆为南方高大的乔木。豫章，一说即樟

树。竹箭：即筊(xiǎo)，小竹，古书记载为"南方之美者"。

⑤ 神林：神仙居住的深林。鬼冢：坟墓。魑魅(chī mèi)：古
代传说中山泽的鬼怪。

⑥ 释子：佛教僧徒的通称，意即佛祖释迦牟尼的弟子。恢谲
(jué)之观：离奇神异的景观。

⑦ 咸：都，皆。

⑧ 淑灵：温和灵秀。

⑨ 盘礴：即磅礴，广大无边的样子。委积：积聚。

⑩ 属(zhǔ)：属意，托付。

⑪ 处士君：这是对王安石的舅父吴氏的敬称。处士，古时称
有才德而隐居不仕的人。阯：即"址"，基址，引申为山脚。

⑫ 望：向往，敬仰。

⑬ 临：到，及。

⑭ 孝悌：指对父母、祖先尽孝道，并顺从兄长。忠信：指积极
为人，诚实守信。均为儒家所标榜的伦理道德。

⑮ 顾：反而。

⑯ 浩然："浩然之气"的省称，指正大刚直之气。自养：自
我修养。

⑰ 啸歌讴吟：都是歌唱吟咏的意思。

⑱ 寓：寄托。

⑲ 闾里：乡里。

⑳ 甥：王安石自称。王安石母家姓吴，居住在金溪（今属江西）。

㉑ 伏：潜伏，蕴藏。见：同"现"，显现。

㉒ 镵（chán）刻：深刻地刻画表现。

㉓ 藻缋（zǎo huì）：比喻文采。缋，同"绘"。

㉔ 巧者：巧手。

㉕ 孰：谁。

  本文是王安石为其舅父吴氏的诗作而写的。庆历三年（1043），王安石回故乡临川时，曾去金溪舅父家，本文就可能作于此时。王安石在这篇序中，满怀深情地描绘了故乡壮丽丰美的山川风物，从而热情地称颂了吴氏在这山川风物之中孕育出来的诗篇。

  "读万卷书，行万里路"。这是我国历代知识分子所标榜的传统，也从一个方面强调了文学创作和生活经历的关系。在我国文学理论史上，不乏论及山川风物和文学创作关系的论述，如"登山则情满于山，观海则意溢于海"（《文心雕龙·神思》）。王安石的诗论也受到这一传统文学理论的影响。王安石的散文理论强调重道崇经、经世致用，而从这篇序中，可以看到他的诗歌理论强调诗人从沉浸山川风物之中去获得"淑灵和清之气"，同时强调必须深刻地体察表现客观事物，要有文采，肯定了诗歌技巧的作用。由此，显示出王安石的整个文学思想的丰富性。

本文在写作上也颇具特色。序文先以山川风物的描绘作衬托，然后才论述吴君其人其诗，最后以反问句作结，意思又推进了一层。作者行文曲折跌宕，极委蛇波澜之致。明人茅坤评曰："览之如游峭壁邃谷。"（《唐宋八大家文钞》）

伤　仲　永

金溪民方仲永[①]，世隶耕[②]。仲永生五年，未尝识书具[③]，忽啼求之。父异焉[④]，借旁近与之⑤。即书诗四句，并自为其名。其诗以养父母、收族为意⑥，传一乡秀才观之⑦。自是，指物作诗，立就，其文理皆有可观者。邑人奇之⑧，稍稍宾客其父⑨，或以钱币乞之。父利其然也⑩，日扳仲永环谒于邑人⑪，不使学。

予闻之也久。明道中⑫，从先人还家⑬，于舅家见之，十二三矣。令作诗，不能称前时之闻⑭。又七年，还自扬州，复到舅家，问焉，曰："泯然众人矣⑮。"

王子曰⑯："仲永之通悟⑰，受之天也。其受之天也，贤于材人远矣⑱。卒之为众人⑲，则其受于人者不至也⑳。彼其受之天也，如此其贤也，不受之人，且为众人。今夫不受之天，固众人，又不受之人，得为众人而已邪㉑？"

① 金溪：今江西金溪县。

② 世隶耕：世代务农。隶，属于。

③ 书具：书写工具,指 笔、墨、纸、砚等。

④ 异：惊奇。

⑤ 旁近：邻居。

⑥ 收族：团结宗族乡亲。族,指同族的人。

⑦ 秀才：这里指一般学识优秀的读书人。

⑧ 邑人：同乡人。

⑨ 宾客：这里作动词讲,即请作客。

⑩ 利其然：贪图这样。

⑪ 扳：领。环谒：四处拜访。

⑫ 明道：宋仁宗的年号(1032—1033)。

⑬ 先人：指作者死去的父亲王益。明道二年(1033),王安石
   的祖父在临川去世,他随父亲回临川服丧。

⑭ 称：符合,相当。

⑮ 泯然：消失的样子。

⑯ 王子：王安石自称。子是古代男子的美称,后来文人常喜
   欢用以自称。

⑰ 通悟：通达聪慧。

⑱ 材人：有贤才的人。

⑲ 卒：最后。

⑳ 受于人者：指接受教育。不至：指教育不够。

㉑ "不受"二句：意谓缺乏天赋的人，如果不接受教育，还比不上普通的人。得，能。

庆历三年（1043），王安石在金溪舅父家得悉乡民方仲永的情况，有所感触，写了这篇文章。

本文通过叙述"神童"方仲永的故事，生动地说明了后天的教育对于人才成长的决定性作用。天资聪颖的方仲永，幼年"指物作诗立就"，后来却不接受教育，放弃了学习，结果一事无成。资质颖悟的神童尚且如此，对于天赋平平的人来说，学习的重要性更是不言而喻的了。文中强调了人的知识和才能是后天才有的，反映了作者在认识论上具有朴素唯物主义的观点。

本文的前两段简要地叙述了方仲永从"神童"演变至平庸之人的故事；后一段在前文叙事的基础上发表议论，指出了作文的主旨，也就是全文的中心。文章寓理于事，因事言理，前后对比，先扬后抑，叙事和议论相结合，言简而意深，显示出王安石的散文在青年时期就已达到了较高的水平。

同学一首别子固①

　　江之南有贤人焉②,字子固,非今所谓贤人者,予慕而友之;淮之南有贤人焉③,字正之④,非今所谓贤人者,予慕而友之。二贤人者,足未尝相过也,口未尝相语也,辞币未尝相接也⑤。其师若友⑥,岂尽同哉?予考其言行⑦,其不相似者,何其少也!曰:"学圣人而已矣。"学圣人,则其师若友,必学圣人者。圣人之言行,岂有二哉?其相似也适然⑧。

　　予在淮南,为正之道子固,正之不予疑也⑨;还江南,为子固道正之,子固亦以为然。予又知所谓贤人者,既相似,又相信不疑也。

　　子固作《怀友》一首遗予⑩,其大略欲相扳以至乎中庸而后已⑪。正之盖亦常云尔。夫安

驱徐行⑫,辙中庸之庭⑬,而造于其堂⑭,舍二贤
人者而谁哉⑮? 予昔非敢自必其有至也⑯,亦
愿从事于左右焉尔。辅而进之,其可也。

噫! 官有守⑰,私有系⑱,会合不可以常
也。作《同学一首别子固》以相警⑲,且相
慰云⑳。

① 子固:曾巩,字子固,南丰(今属江西)人,北宋著名散文家。

② 江:指长江。贤人:指道德高尚的人。

③ 淮:指淮河。

④ 正之:即孙侔。

⑤ 辞币:书信和礼物。辞,书信。币,缯帛,古人常用作礼物。

⑥ 若:和。

⑦ 考:查核,引申为考察、观察。

⑧ 适然:应该,恰好。

⑨ 不予疑:"不疑予"的倒装。

⑩ 《怀友》:原文载宋代吴曾《能改斋漫录》卷十四。遗(wèi):赠送。

⑪ "其大略"句：曾巩《怀友》有"望中庸之域，其可以策而及也"之句。扳（pān），通"攀"，援引。中庸，儒家奉行的道德标准，认为不偏为中，不变为庸，即不偏不倚，循常守旧。

⑫ 安驱徐行：稳步前进的意思。驱，行进。徐，缓。

⑬ 辚（lìn）：车轮，这里用作动词。

⑭ 造：到。《论语·先进》："子曰：'由（子路，孔子弟子）也升堂（大厅）矣，未入于室（内室）也。'"后世便以升堂入室比喻学习由浅入深的两个阶段。王安石在这里化用其意。

⑮ 舍：弃。

⑯ 必：肯定。其：这里指自己。

⑰ 守：工作岗位。

⑱ 私：私人。系：牵制，指系念的琐事。

⑲ 警：警策，勉励。

⑳ 云：句末助词，无义。

　　王安石和曾巩是北宋中期同时崛起于文坛的散文大家，两人有着很多相同的地方。他们既有江西同乡之谊，又有着共同的理想追求，因此自青年时代相识后便成为志趣相投的好友。庆历二年（1042），王安石与曾巩同时在京参加进士考试。王安石中进士后赴扬州任职，曾巩则落第回家乡。分别后，两人仍保持着密切的联系。庆历四年（1044），王安石回故乡探亲，特意去访问曾巩，并互相赠文送别。《同学一首别子固》就是王安石在读了曾巩《怀友》一文后写的。"同学"，就是共同学习"圣人"的意思。

本文表现了王安石和友人之间互相敬慕、勉励，以期携手共进的情怀；也表明王安石青年时期就怀有企慕圣人、有所作为的志向，与《送孙正之序》的内容相接近。本文在表现形式上的最大特色，是陪衬法的运用。文章一开始便以曾巩和孙侔（正之）相提并论，称赞他们是学习圣人而言行一致的"贤人"，表示自己与他们志同道合，要相互勉励，以达到中庸之道的境界。因此，文章题为"别子固"，却处处以孙正之陪说，写正之即是在写子固，反复强调，交互映发，错落参差，结构紧凑，而不显得单调重复。文章淡淡写来，却显得情真意笃。明人茅坤评曰："文严而格古。"（《唐宋八大家文钞》）

赠曾子固

　　曾子文章众无有^①，水之江汉星之斗^②。挟才乘气不媚柔^③，群儿谤伤均一口^④。吾语群儿勿谤伤，岂有曾子终皇皇^⑤？借令不幸贱且死，后日犹为班与扬^⑥。

① 曾子：指曾巩。子，古代男子的美称或尊称。

② 江汉：长江、汉水。汉水，一称汉江，为长江最长支流。斗：北斗星。

③ 挟才：凭借才华。乘气：依仗气势而纵横驰骋。

④ 群儿：指诽谤中伤曾巩的人。

⑤ 皇皇：同"惶惶"，心神不安的样子。

⑥ 班：指班固，字孟坚，东汉史学家、文学家，撰有《汉书》，为我国第一部断代史。扬：指扬雄，字子云，西汉哲学家、文学家，著有《太玄》、《法言》等。

　　与王安石一举中第、仕途一帆风顺不同，曾巩的应举之路相对较长，他直到嘉祐二年（1057）近四十岁才进士及第，开始步入仕途。庆历二年（1042），曾巩第二次入京应试落第后，回到家乡度过了十余年艰苦的耕读生活。在忍受生活困窘的同时，曾巩还遭到了时人的误解。对此，作为曾巩好友的王安石很感不平。庆历五年（1045）前后，王安石在给时人段缝的信中，就用事实驳斥了当时传闻对曾巩的诋毁，对曾巩的道德品质和文学才能作了高度评价，认为："巩文学议论，在某交游中，不见可敌。其心勇于适道，殆不可以刑祸利禄动也。"（《答段缝书》）王安石还认为当时对曾巩的诋毁是"愚者"对"贤者"的嫉妒和诽谤，贤者应该独立自守而"不惑于众人"。这首《赠曾子固》诗的写作背景与《答段缝书》相同，当为同时之作。王安石在诗中对曾巩文章作了高度评价，把曾巩与汉代大学者班固、扬雄相提并论。这既是王安石对处于逆境之中的曾巩的鼓励、安慰之语，又表现出王安石对曾巩的深刻理解和关怀，从中也反映了王安石笃于友谊之处。

次韵和中甫兄春日有感^①

雪释沙轻马蹄疾,北城可游今暇日。溅溅溪谷水乱流,漠漠郊原草争出。娇梅过雨吹烂漫,幽鸟迎阳语啾唧。分香欲满锦树园,剪彩休开宝刀室^②。胡为我辈坐自苦,不念兹时去如失。饱闻高径动车轮,甘卧空堂守经帙^③。淮蝗蔽天农久饿,越卒围城盗少逸^④。至尊深拱罢箫韶^⑤,元老相看进刀笔^⑥。春风生物尚有意,壮士忧民岂无术。不成欢醉但悲歌,回首功名古难必。

① 中甫:马中甫,庐江(今属安徽)人,与王安石同年进士,《宋史》卷三三一有传。

② 剪彩:剪裁彩帛或彩纸。旧时立春有剪彩花鸟贴屏风等处的风俗。

③ 经帙(zhì):经书。帙,包书的套子,因即谓书一套为一帙。

④ 逸:逃跑。

⑤ 至尊：至高无上的地位。古用为皇帝的代称。深拱：深居
宫中，拱手不动，谓不理政事。箫韶：古乐名，传为舜帝时
作。此代指音乐。

⑥ 元老：古称老臣。刀笔：指公文。

这首七言古诗，作于王安石在扬州为淮南签判时，
当时马中甫也在扬州。元丰三年（1080），马中甫卒，王
安石撰有挽辞云"竹西携手处，渍洒邈山河"，回忆当年
在扬州相游的情形。

王安石在这首诗中，首先描绘了万物复苏、欣欣向
荣的春日景象，但是，他并没有陶醉于此，而是想到了当
时严酷的社会现实，由此发出了"春风生物尚有意，壮
士忧民岂无术"的深深感叹。游春而"不成欢醉"，却感
慨悲歌；明知"功名古难必"，还是想一展忧民之术，充
分表明了青年王安石不甘于做庸吏，而想建功立业的
雄心。

这首诗在写作上也有特色。本诗前半写景，形象生
动；后半议论，论从景出，从写景到议论的过渡极其自

然。王安石的早期诗多以议论为主,本诗虽不例外,但却是将写景和议论结合得较好的作品。

上 人 书

尝谓文者,礼教治政云尔①。其书诸策而传之人,大体归然而已②。而曰"言之不文,行之不远"云者③,徒谓辞之不可以已也④,非圣人作文之本意也。

自孔子之死久,韩子作⑤,望圣人于百千年中,卓然也。独子厚名与韩并⑥,子厚非韩比也,然其文卒配韩以传⑦,亦豪杰可畏者也。韩子尝语人文矣,曰云云,子厚亦曰云云。疑二子者,徒语人以其辞耳。作文之本意,不如是其已也⑧。

孟子曰:"君子欲其自得之也。自得之,则居之安;居之安,则资之深;资之深,则取诸左右逢其原⑨。"孟子之云尔，非直施于文而已⑩，然亦可托以为作文之本意⑪。且所谓文者，务为有补于世而已矣；所谓辞者，犹器之有刻镂绘画也⑫。诚使巧且华，不必适用⑬；诚使适用，亦不必巧且华。要之以适用为本，以刻镂绘画为之容而已⑭。不适用，非所以为器也；不为之容，其亦若是乎？否也。然容亦未可已也，勿先之⑮，其可也。

某学文久，数挟此说以自治⑯。始欲书之策而传之人，其试于事者，则有待矣。其为是非邪，未能自定也。执事，正人也，不阿其所好者⑰，书杂文十篇献左右⑱，愿赐之教，使之是非有定焉。

① 治政：政治。云尔：而已。

② 归然：归之于此。然，如此，指上文所云"礼教治政"。

③ "言之"两句：语出《左传》襄公二十五年："言之无文，行而不远。"

④ 徒谓：只是说。已：罢除，去掉。

⑤ 韩子：指韩愈。

⑥ 子厚：柳宗元，字子厚，唐代著名文学家、哲学家。与韩愈同为古文运动倡导者，并称韩柳。有《河东先生集》。

⑦ 卒：终于。配：匹敌，媲美。

⑧ 是：这，这样。已：止，够。

⑨ "孟子曰"八句：语出《孟子·离娄下》。原文作："君子深造之以道，欲其自得之也……"引文首句文字有删略。

⑩ 直：特，只。施：施行。

⑪ 托：借。

⑫ 刻镂：雕刻。

⑬ 不必：不一定。

⑭ 容：容色，外表。

⑮ 先之：首先考虑辞采等形式。

⑯ 数(shuò)：屡次，时常。自治：自修。这里指研究文章学问之事。

⑰ 阿：阿谀，奉承。

⑱ 杂文：指书、序、原、说一类文章。

庆历六年(1046)，王安石写有《与祖择之书》等文，向祖择之等人介绍自己的写作经历和作文主张。这封信的内容和《与祖择之书》等文相近，可能是同时之作。

本文通过书信的形式，具体论述了文和辞的关系，实际上也就是文学的内容和形式的关系。作者把文和辞分开来讲，文指作文的本意，辞指文章的修辞润色。他认为，文学的内容不外是"礼教治政"，文学的作用在于"有补于世"。因此，在文学的内容和形式的关系上，他明确指出必须重视内容。他认为文之有辞，"犹器之有刻镂绘画"。制器的本意在于用，至于刻镂绘画，则是作为一种增添美观的装饰。在重视内容的前提下，作者并不轻视形式，但认为两者之间有主次的关系，即所谓"容亦未可已也，勿先之，其可也"。他认为古文家虽然夸谈文以明道，但其真实的心得则在文而不在道，文中所说韩愈、柳宗元"徒语人以其辞"，正是这个意思。本文的论述比较全面，表明王安石在青年时期已经有了比较系统的文学观。

本文在写作上也颇有特色。作者运用比喻，形象地说明了文与辞之间的关系。文中还善于发挥虚字的作用,连用"者"、"也"、"云尔"、"而已"等语助词,造成了文章唱叹有情的特点。

河 北 民

河北民[①],生近二边长苦辛[②]。家家养子学耕织,输与官家事夷狄[③]。今年大旱千里赤[④],州县仍催给河役[⑤]。老小相携来就南[⑥],南人丰年自无食。悲愁白日天地昏[⑦],路旁过者无颜色[⑧]。汝生不及贞观中[⑨],斗粟数钱无兵戎[⑩]!

① 河北:指黄河以北地方。

② 二边:指北宋与契丹、西夏接壤的地区。长:长期。

③ 输与:送给,这里指缴税纳赋。官家:指朝廷。事:供奉。夷狄:我国古代东部、北部的两个少数民族,后用作泛称。这里指辽和西夏。

④ 千里赤：赤地千里，寸草不生。赤，空。

⑤ 州县：指地方官府。给：应承，负担。河役：治理黄河的工役。

⑥ 就南：到南方就食谋生。南，指黄河以南。

⑦ "悲愁"句：意谓百姓悲痛愁苦，在大白天也感到天昏地暗。

⑧ 无颜色：指愁容惨淡，面色苍白。

⑨ 不及：没赶上。贞观：唐太宗李世民的年号（627—649）。

⑩ 兵戎：指战争。史称贞观年间，境内大治，连年丰收，一斗米价仅三四文钱，边境太平。

　　北宋朝廷每年向契丹（后改称辽）、西夏交纳大量银绢作为"岁币"，以求苟安。这年年岁岁的沉重经济负担首先落到边境百姓身上。州县官衙敲诈勒索，百姓苦不堪言，遇到天灾，更无法生存。庆历六年（1046），北方遭受严重旱灾，王安石时淮南签判任满，在去京师的路上感受到这一严酷的社会现象，写下了这首诗。诗中描写了北方灾民扶老携幼逃荒到南方的凄惨景象，却以"南人丰年自无食"一语反跌，从而使诗题"河北民"

获得了时代性的典型意义，形象地抨击了朝廷对内重敛、对外屈辱的腐败政策。诗末对唐太宗"贞观之治"的向往，也表达了作者富国强兵的炽烈愿望。白居易新乐府"首句标其目，卒章显其志"的写法，在王安石的这首诗中也被运用得纯熟自如。

二、转宦州县(1047—1054)

　　庆历六年(1046)春,王安石结束了签书判官的任期,离扬州赴京师等候新职。不久,他被调任为鄞县(今浙江宁波)知县。庆历七年七月,他到达鄞县上任。从庆历七年(1047)到至和元年(1054)的这八年,是王安石两任地方官、转宦州县的时期。

　　鄞县地处东南沿海,地理位置重要,为明州治所。王安石在鄞县三年,政绩十分突出。史载他在鄞县兴办学校,荐举人才;兴修水利,发展生产,"起堤堰,决陂塘,为水陆之利;贷谷与民,立息以偿,俾新陈相易,邑人便之"(《宋史》本传)。王安石到鄞县后不久,了解到当地水利设施年久失修,百姓一遭旱灾就无法可施的情况,就向上司建议趁当年百姓丰收之余暇,"大浚治川渠,使有所潴,可以无不足水之患"(《上杜学士言开河书》),并跑遍鄞县境内的十四个乡,劝督农民疏浚河渠,修建堤堰等水利设施。为了让经济困难的农户也能及时耕种,而不受豪强的重利盘剥,王安石决定在第二年春季,将县府粮仓中的存粮借贷给这些农户;约定到秋收之后,让他们加纳少量利息赴县偿还。这样,县府粮仓的存粮也得到了以新换旧。王安石的这些措施,得到了百姓的拥护与称赞。鄞县农民鉴于连年频繁的旱灾,都乐意听从王安石的劝督去兴修水利,使鄞县的水利设施有了很大的改观。

在鄞县期间,王安石还与心仪已久的改革派领袖范仲淹见了面。皇祐元年(1049)正月,年过六旬的范仲淹出知杭州。王安石闻讯后十分高兴,他依例先上了一状求见:

> 某此者之官敝邑,取道乐郊,引舟将次于近圻,敛板即趋于前屏。瞻望麾戟,下情无任。(《上范资政先状》)

范仲淹对王安石的文名和政绩也有所了解,他会见了王安石。从王安石所说的"矧鄙不肖,辱公知尤"(《祭范颍州文》),可以想见两人见面时相知相得的情形。这次会见,对王安石是一个很大的鼓舞,他为此先后写了《上杭州范资政启》《谢范资政启》。在这两启中,王安石对范仲淹的道德声望作了极高的颂扬,有"伏惟某官,道宗当世,名重本朝,思皇廊庙之材,均逸股肱之郡,即还大政,以泽含生"(《谢范资政启》)之语;并对自己能有机会得到范仲淹的关照觉得非常荣幸。几年后,当听到范仲淹于皇祐四年(1052)五月在调至颍州途中卒于徐州的消息时,时任舒州(今安徽潜山)通判的王安石十分悲痛,满怀激情写下了《祭范颍州文》。祭文用四言韵文的形式行之,长达448字,是王安石所作祭文中最长的一篇。王安石在文中对范仲淹的一生作了高度的评价。祭文以强烈的感叹起笔:"呜呼我公,一世之师。由初迄终,名节无疵。"以"一世之师"、"名节无疵"对范仲淹的地位和一生行事加以评定,并成为全文的基调。随后,文章循着范仲淹的生活轨迹,对他在各个时期不同职位上的政绩作了精炼的概括和热情的褒扬。对于范仲淹未能尽其才干于政事，王安石深表惋惜，认为他的逝世是国家的巨大损失："硕人今亡，邦国之忧。"王安石坚信范仲淹的精神会永垂不朽："其传其详，以法永久。"范仲淹的人格理想及其倡导的庆历新政，给王安石以深刻的影响。可以说，十几年后王安石领导的变法运动，就是继承和发展了范仲淹倡导的庆历新政的改革精神。在王安石一生所写的众多祭文中，本文是为后人评价很高的一篇。文章将叙事和抒情融为一体，既概括了范仲淹的一生事迹，又褒扬了他的政绩品行，并寄托了自己的沉痛悼念之情，言辞激昂，感情沉郁。明人茅坤评曰："荆公为人多气岸，不妄交，所交者皆天下名贤。故于其殁而祭也，其文多奇崛之气，悲怆之思，令人读之不能以不掩卷而涕洟。"又曰："范公为一代殊绝人物，而荆公祭文亦极力摹写，涕洟呜咽，可为两绝矣。"(《唐宋八大家文钞》)

　　皇祐二年（1050）春，王安石鄞县任满，再次回临川。对于生活了三年的鄞县，王安石充满了留恋之情，

其《铁幢浦》诗云:

> 忆昨初为海上行,日斜来往看潮生。如今身是
> 西归客,回首山川觉有情。

东山和南湖是鄞县的名胜之地。几年后,王安石还在诗中回忆旧游之地:

> 最思东山春树霭,更忆南湖秋水波。三年飘忽
> 如梦寐,万事感激徒悲歌。(《忆鄞县东吴太白
> 山水》)

在鄞县期间,王安石还有过一个女儿,他称之为"鄞女"。早在庆历四年(1044),王安石扬州签判任上时曾回过临川,与表妹吴氏结婚。吴氏生有三子二女,除一子一女早夭外,尚存长子王雱、次子王旁和后来分别嫁给吴安持和蔡卞的两个女儿。早夭的一女就是"鄞女"。鄞女聪敏伶俐,很得父亲的喜爱。不料,出生才十四个月,鄞女便于庆历八年六月因病夭折了。王安石将女儿葬在鄞县,含悲写了《鄞女墓志》一文。离鄞前,他再次去祭扫了女儿墓,并含泪写下了《别鄞女》一诗:

行年三十已衰翁，满眼忧伤只自攻。今夜扁舟来诀汝，死生从此各西东。

王安石年方三十，却觉得自己已像一个衰弱的老翁，充满了忧伤。他深感自己事业未成，故屡有叹老之语。今夜一别，从此与爱女各在东西，难有再见的时日。这不尽的悲痛，都体现在"死生从此各西东"七字之中。这首小诗，充分展现了王安石深于情的一面。

在临川住了一阵后，王安石于皇祐三年（1051）春再次赴京等候差遣。按旧例，在进士考试中名列前茅的人，做满一任官职后，可以用呈献文章的形式向朝廷申请参加馆职考试。馆职是"馆阁职事"的简称，指在中央的"史馆"、"昭文馆"、"秘阁"等机构中担任的职务。这是当时被人引为荣耀的清要之职，是通向上层权力机构的捷径。从唐代以来，士大夫做官一直重内轻外。王安石却不这样认为，而是恬然自守，愿意做地方官，办点实事。早在淮南签判任满时，他就没有申请参加馆职考试，这次鄞县任满后依然如此。由于他在鄞县的政绩，他已经为上层统治者所注意。这年五月，宰相文彦博向宋仁宗推荐王安石，称"安石恬然自守，未易多得"（《麟台故事》）。仁宗于是令安石留京等待考试后授予官职。王安石考虑到当时自己家庭的实际情况，滞留京师开销较大，还是以家贫亲老为辞，乞求外任。在王安石的一再请求下，朝廷同意他免试任舒州通判。

舒州辖境即今安徽安庆一带，治所在今安徽省潜山县。州西北是天柱山，旧称霍山、潜山，又称皖山、皖公山，海拔在1 500米以上，为安徽长江以北的第一高峰。天柱山群峰兀立，危崖罗列，怪石嵯峨，是著名的风景胜地。王安石来到舒州后，并没有为这里的风景名胜而陶醉，而是为当地百姓生活的贫困程度而感到震惊。当时，舒州正逢旱灾，农民对此束手无策，生活十分艰难；而地主却乘机囤积居奇，兼并土地；官僚则依然向百姓勒逼苛捐杂税。因此，这片昔日以肥沃著称的土地，如今沦为了"崎岖山谷间，百室无一盈"（《发廪》）的重灾区。王安石目睹此景，愤而写下了"火耕又见无遗种，肉食何妨有厚颜"（《舒州七月十七日雨》）的诗句，痛斥了为富不仁的地主和尸位素餐的官吏们。作为知州副

职的通判,王安石在三年任职期间,尽可能地给灾民以
帮助。他到任后不久,就派人去灾区调查灾民的生活状
况,以制订救济措施。他还下令从那些囤积居奇并出售
高价粮食的财主家征集余粮,分配给受灾的贫民,以救
燃眉之急。尽管做了这一切,仍然没能从根本上改变贫
民的生活,"三年佐荒郡,市有弃饿婴"(《发廪》),这不
能不引起王安石对社会现实作深层的思考,他为此写下
了《兼并》、《发廪》、《感事》等诗文,揭露了严酷的社会
现实,并提出了改革现状的要求。作为一个地方官,王
安石对自己无力改变现状常常深感愧疚。在《感事》一
诗中,他回忆起少年时代随父亲流转各地时见到的那一
幕幕难忘的情景:

> 贱子昔在野,心哀此黔首。丰年不饱食,水旱尚
> 何有?虽无剽盗起,万一且不久。特愁吏之为,十室
> 灾八九。原田败粟麦,欲诉嗟无赇。间关幸见省,笞
> 扑随其后。况是交冬春,老弱就僵仆。州家闭仓庾,
> 县吏鞭租负。乡邻铢两征,坐逮空南亩。取资官一
> 毫,奸桀已云富。彼昏方怡然,自谓民父母。

而今这一幕幕情景又化成严酷的现实，王安石不由百感交集：

> 竭来佐荒郡，懔懔常惭疢。昔之心所衰，今也执其咎。乘田圣所勉，况乃余之陋。内讼敢不勤，同忧在僚友。

正是这种对人民的同情心和勇于自责的精神，使王安石在地方官任上力图有所作为，也是促使他产生改革思想的重要原因。

至和元年（1054）秋，王安石结束了在舒州的任期，离开舒州，再次前往京师等候新职。自从进士及第步入仕途以来，他至此已做了三任地方官。长期的地方官生活，尤其是鄞县和舒州任上的经历，使王安石对北宋王朝的内外形势有了进一步的认识，对广大人民的生活状况有了真切的体验。十余年的地方官生活，也锻炼了王安石的才干，为他赢得了声誉，并为日后执政推行新法积累了经验。

王安石这一时期的诗文创作也相当活跃，与前一时期一样，题材还是相当广泛，内容依然相当丰富。揭露现实黑暗，要求改革弊政，仍是这一时期诗文的重要内容。这一时期的诗文，也初步形成了自己的艺术风格。其诗多为古体，偏重白描和议论，已出现了以文为诗的倾向，如《省兵》、《兼并》、《寓言十五首》等诗表达作者对现实的看法，议论虽颇深刻，却欠涵蓄，风格显得峭直但乏韵味。不过，这一时期的上乘之作也有不少，如《壬辰寒食》抒写客思之情，"风神跌宕，笔势清雄"（《唐宋诗举要》）；《和平甫望九华山四十韵》二首，描绘九华山雄奇的景色，极铺陈排比之能事，熔写景、抒情和议论于一炉，风格上力摹杜甫、韩愈，显示出作者驾驭题材的能力，代表了他这一时期诗作所达到的成就。其散文偏重议论，叙事简略，文字朴素，说理透辟，风格上与其诗相近，显得峭直简洁。《游褒禅山记》是他这一时期所写的一篇名作。作者写游山感受，记游中寄托人生哲理，简洁自然，充分表现出长于议论的特点。同时，王安石为文依经立论、博引史实的特点，在这时所作的散文中已有所表现。

与马运判书①

运判阁下：比奉书②，即蒙宠答③，以感以怍④。且承访以所闻⑤，何阁下逮下之周也⑥！尝以谓方今之所以穷空，不独费出之无节⑦，又失所以生财之道故也。富其家者资之国，富其国者资之天下，欲富天下则资之天地。盖为家者⑧，不为其子生财，有父之严而子富焉⑨，则何求而不得？今阖门而与其子市⑩，而门之外莫入焉，虽尽得子之财，犹不富也。盖近世之言利虽善矣，皆有国者资天下之术耳⑪，直相市于门之内而已⑫，此其所以困与⑬？在阁下之明，宜已尽知，当患不得为耳。不得为，则尚何赖于不肖者之言耶⑭？

今岁东南饥馑如此⑮，汴水又绝⑯，其经画固劳心⑰。私窃度之⑱，京师兵食宜窘⑲，薪刍百谷之价亦必踊⑳，以谓宜料畿兵之驽怯者㉑，就食诸郡㉒,可以舒漕挽之急㉓。古人论天下之兵,以为犹人之血脉,不及则枯,聚则疽㉔。分使就食,亦血脉流通之势也。傥可上闻行之否㉕?

① 马运判:马遵,字仲涂,饶州乐平(今江西乐平)人,当时任江淮荆湖两浙制置发运判官。

② 比:近来。奉:进献。

③ 宠答:对上司回信答复的客气说法。

④ 以感以怍(zuò):又感激又惭愧。怍,惭愧。

⑤ 访:询问。

⑥ 逮下:对待下属。逮,与。周:周全。

⑦ 不独费出之无节:不只是费用支出没有节制。节,节制。

⑧ 为家者:当家的人。为,治理。下句"不为"的"为",作"与"、"对"讲。

⑨ 严:严格管理。

⑩ 阖(hé):关闭。市:交易,买卖。

⑪ 有国者:指帝王。资天下之术:索取天下财富的方法。

术,方法,手段。

⑫ 直：但,只不过。

⑬ 与：通"欤",感叹词。

⑭ 何赖：犹言用不着。赖,依靠。不肖者：不贤的人。这里是作者的谦词。

⑮ 饥馑：指灾荒。《尔雅·释天》："谷不熟为饥,蔬不熟为馑。"

⑯ 汴水：指当时从扬州通向汴京(今河南开封)的运河。绝：竭,干枯。

⑰ 经画：治理,筹划。

⑱ 私：我。窃：私下。度：估计。

⑲ 窘：困窘。

⑳ 薪刍(chú)：柴草饲料。薪,柴。刍,喂牲口的草。踊：上涨。

㉑ 料：计数,核计。畿(jī)兵：驻扎京都的士兵。古代王都所在处的千里地面称畿,后多指京城管辖的地区。驽怯者：低劣、胆怯的人,这里指老弱残兵。

㉒ 就食诸郡：指在各地就地解决士兵的给养问题。诸郡,泛指各地。

㉓ 舒：舒缓，缓和。漕挽：漕运，运输粮饷。水运称漕，陆运
　称挽。

㉔ "古人"四句：意思是古人议论天下的驻军，认为就像人的
　血脉，流通不到就会干枯，壅积在一起就会凝固。聚，壅
　积。疽(jū)，一种毒疮。这里指血脉流通受阻。

㉕ 傥：通"倘"，倘若，或许。

　　本文写于庆历七年(1047)，是王安石写给上司马运判
的一封回信。当时，王安石任鄞县(今浙江宁波)知县。

　　王安石在信中指出，当时国家之所以财力困乏，不
仅是由于财政用度没有节制，而且更重要的是没有发展
生产、开辟财源。对于当时统治者只知道加重对百姓的
剥削，而不想方设法实施向自然界索取财富来增加收入
的财政政策，王安石给予了辛辣的讽刺，将这种现象比
喻为父亲关起门来与儿子做买卖，虽然全部得到了儿子
的财产，还是没有增加丝毫财富。针对当时的经济状
况，他积极地提出了自己的改革建议，认为"欲富天下
则资之天地"，即通过发展生产来增加国家财政收入。

作为一封给上司的信，本文在稍事寒暄后就引入正题，提出了自己的观点。作者层层深入，运用比喻来增强论点的说服力；又列举当时形势说明采取具体改革措施的迫切性。本文以书信的方式发表议论，显示了王安石文章长于议论的特点。正如茅坤所说："论理财，是荆公本色。"（《唐宋八大家文钞》）

上杜学士言开河书①

十月十日，谨再拜奉书运使学士阁下：某愚不更事物之变②，备官节下③，以身得察于左右。事可施设④，不敢因循苟简⑤，以孤大君子推引之意⑥，亦其职宜也⑦。

鄞之地邑，跨负江海⑧，水有所去，故人无水忧。而深山长谷之水，四面而出，沟渠浍川⑨，十百相通。长老言钱氏时置营田吏卒⑩，岁浚治之⑪，人无旱忧，恃以丰足⑫。营田之废,六七十年,吏者因循,而民力不能自并⑬。向之渠川,稍稍浅塞⑭,山谷之水,转以入海而无所潴⑮。幸而雨泽时至,田犹不足于水。方夏历旬不雨,则众川之涸⑯,可立而须⑰。故今之邑民最独畏旱,而旱辄连年。是皆人力不至,而非岁之咎也⑱。

某为县于此,幸岁大穰⑲,以为宜乘人之有余,及其暇时,大浚治川渠⑳,使有所潴,可以无不足水之患。而无老壮稚少,亦皆惩旱之数㉑,而幸今之有余力,闻之翕然㉒,皆劝趋之㉓,无敢爱力。夫小人可与乐成,难与虑始㉔。诚有大利,犹将强之,况其所愿欲哉㉕!窃以为此亦执事之所欲闻也。

伏惟执事,聪明辨智,天下之事,悉已讲而明之矣㉖,而又导利去害,汲汲若不足㉗。夫此最长民之吏当致意者㉘,故辄具以闻州,州既具以闻执事矣。顾其厝事之详㉙,尚不得彻㉚,辄复条件其详以闻㉛。唯执事少留聪明㉜。有所未安,教而勿诛㉝,幸甚。

① 杜学士:杜杞,字伟长,常州无锡(今属江苏)人。时任两浙转运使。《宋史》卷三〇〇有传。转运使,简称运使。宋初为集中财权,置都转运使。转运使负责一路或数路财赋,并负有督察地方官吏的职责。其后职掌扩大,成为府州以上的行政长官。学士,指有学问的人,这里是对杜杞的尊称,并非指官职。

② 更:经历,经过。事物之变:指世态变化。

③ 备:充数。节下:犹言麾下,部下。

④ 施设:实施,办理。

⑤ 因循:照旧不改。引申为拖沓的意思。苟简:苟且简慢。

⑥ 孤:孤负,即辜负。大君子:这里是对杜杞的尊称。推引:推荐引进。

⑦ 其:指自己。宜:应该。

⑧ 跨:跨越。负:背靠。江:指甬江,在鄞县境内。海:指东海。

⑨ 浍(kuài):田间水沟。

⑩ 长老：年长的人。钱氏：指五代时的吴越王。五代时，杭州临安(今属浙江)人钱镠(liú)占领江浙一带地区，自称吴越王。传至其孙钱俶(chù)时，降宋。前后共立国八十六年(893—978)。营田：即屯田。

⑪ 岁：每年。浚(jùn)：疏通，深挖。

⑫ 恃：依靠。

⑬ 自并：自己组织起来。

⑭ 稍稍：渐渐。

⑮ 潴(zhū)：水停聚的地方。这里用作动词，蓄水。

⑯ 涸(hé)：枯竭。

⑰ 可立而须：意思是这是可以立刻和总归要发生的事情。须，终于，总归。

⑱ 岁：岁时，天时。咎：过错。

⑲ 穰(ráng)：丰收。

⑳ "以为"三句：意思是认为应该乘着农民有点余粮，又是农闲时候，大力疏浚修治河道。

㉑ 惩：苦于。数(shuò)：频繁。

㉒ 翕(xī)然：和顺的样子。

㉓ 劝：勉励。趋：奔赴，归附。之：指开河事。

㉔ "夫小人"二句：语出《商君书·更法》："民不可与虑始,而可以乐成。"小人,这里泛指百姓。

㉕ "诚有"三句：意思是即使对农民有很大利益的事情,还要勉强他们去做,何况是他们自愿要做的事呢!

㉖ 悉：全部,都。讲：谋划,商议。

㉗ 汲汲：急忙的样子。

㉘ 长(zhǎng)民：抚育百姓,引申为治民。长,抚育。

㉙ 厝(cuò)事：措办事情。

㉚ 彻：贯通。引申为上报。

㉛ 条件：逐件条列。

㉜ 少留聪明：稍稍留心。少,稍,略微。聪明,视听灵敏,这里是留心的意思。

㉝ 诛：责备。

　　本文是王安石在鄞县知县任上不久写给上司杜杞的一封信,作于庆历七年(1047)。

　　王安石在这封信中汇报了鄞县的情况,并提出了兴修水利、发展农业生产的主张。根据鄞县的地理条件,他分析了当地的水利情况,阐明了兴修水利的重要性。

文中用确切的事实痛斥了地方官吏的因循保守观念，直截了当地指出这个地区连年大旱的原因在于没有发挥人力作用，而并非是自然条件不好的结果。因此，他建议组织民力，兴修水利，发展农业生产。他的这一主张不仅在鄞县得到了实施，而且还为他后来执政时推行农田水利法奠定了基础。

本文围绕着"开河"一事，首先从当地的地理环境、水利情况以及历史事实等方面，论证其必要性；然后以当年农业丰收、人力有余、人心一致等现实情况，论述其可能性；最后又从职守方面，强调"导利去害"是官吏应负起的责任，从而使文章论证充分，逻辑严密，富有说服力。明人茅坤评云："行文婉而曲，论利害处简而悉。"（《唐宋八大家文钞》卷八十四）

鄞 县 经 游 记

庆历七年十一月丁丑①，余自县出②，属民使浚渠川③，至万灵乡之左界，宿慈福院。戊

寅，升鸡山，观碶工凿石④，遂入育王山⑤，宿广
利寺，雨不克东⑥。辛巳，下灵岩，浮石湫之壑
以望海⑦，而谋作斗门于海滨⑧，宿灵岩之旌教
院。癸未，至芦江，临决渠之口，转以入于端岩
之开善院，遂宿。甲申，游天童山⑨，宿景德寺。
质明⑩，与其长老瑞新上石⑪，望玲珑岩，须猿
吟者久之⑫，而还食寺之西堂，遂行，至东吴，具
舟以西⑬。质明，泊舟堰下，食大梅山之保福寺
庄，过五峰，行十里许，复具舟以西，至小溪以
夜中。质明，观新渠及洪水湾，还食普宁院。
日下昃⑭，如林村。夜未中，至资寿院。质明，
戒桃源、清道二乡之民以其事。凡东西十有四
乡，乡之民毕已受事，而余遂归云。

① 庆历七年：即 1047 年。

② 县：指鄞县县城。

③ 属（zhǔ）：通“嘱”，嘱托。浚（jùn）：疏浚。

④ 碶（qì）工：石工。

⑤ 育王山：即阿育王山，在鄞县境内。

⑥ 雨不克东：一本作"雨不止"。

⑦ 壑(hè)：深沟。

⑧ 斗门：古代指堤、堰上所设的放水闸门，或横截河渠，用以壅高水位的闸门。

⑨ 天童山：在鄞县境内。

⑩ 质明：天亮时。

⑪ 瑞新：景德寺长老。

⑫ 须猿吟者久之：等待猿吟很长时间。须，等待，停留。

⑬ 具舟：备办船只。具，备办。

⑭ 日下昃(zè)：傍晚。昃，日西斜。

　　王安石赴鄞县知县任后不久，花了十三天时间，跑了全县十四个乡，对鄞县的地理环境和水利设施等情况作了一番调查研究并督促乡民兴修水利、发展生产。而记录了王安石这一番身体力行经过的，就是他的这篇《鄞县经游记》。

　　这篇二百余字的短文，并不是一篇普通的游记，而是以日志的形式记录了作者下乡调查并"属民使浚渠川"的工作。文章以时间为顺序,依次记录每天的工作,行文句式相近而并不觉得枯燥呆板,由于在文中时时点缀以生活情景,如"浮石湫之壑以望海,而谋作斗门于海滨"、"上石望玲珑岩,须猿吟者久之"等等描写,使文章显得生动有致。

通过作者在本文中的记叙,读者看到了一位勤于政事的官吏的形象。正如茅坤所云:"县令如此,知非俗吏已。"(《唐宋八大家文钞》)王安石在任县令时就已显示出非凡的才干,他变法后推行的农田水利法等措施,可以说早已胚胎于他在鄞县时的政事之中。

天童山溪上①

溪水清涟树老苍②,行穿溪树踏春阳③。

溪深树密无人处,唯有幽花度水香④。

① 天童山:在浙江鄞县。

② 清涟:清澈而泛着涟漪。涟,涟漪,细小的水波。

③ 踏春阳：走在春日的阳光下。

④ 幽花：长在幽隐处的野花。度水香：隔水送来阵阵花香。

　　这首七绝是王安石鄞县知县任上经天童山时所作。诗中描写了天童山山深林密、水流花香的幽美景色，表达了作者春游时的欢快心情。作者抓住溪边的景色特点，从溪水之清、溪流之幽深、溪岸树荫之浓密、溪花之清香等方面着力描绘，以点带面，突出了天童山清幽绝尘的特征。

秃　山

　　吏役沧海上①，瞻山一停舟。怪此秃谁使，乡人语其由。一狙山上鸣②，一狙从之游。相匹乃生子③，子众孙还稠④。山中草木盛，根实始易求。攀挽上极高⑤，屈曲亦穷幽⑥。众狙各丰肥，山乃尽侵牟⑦。攘争取一饱⑧，岂暇议藏收？大狙尚自苦，小狙亦已愁。稍稍受咋啮⑨，一毛不得留⑩。狙虽巧过人，不善操锄耰⑪。所嗜在果谷⑫，得之常以偷⑬。嗟此海山中，四顾无所投⑭。生生未云已⑮，岁晚将安谋⑯？

① 吏役：公干，出公差。沧海：大海。

② 狙（jū）：猴子。

③ 相匹：成为配偶。匹，匹配。

④ 稠：众多。

⑤ 攀挽：攀登牵引。挽，牵，拉。

⑥ 屈曲：曲折。幽：偏僻的地方。这两句写猴子互相牵引，攀到最高处，又曲曲折折找遍每个角落，寻找食物。

⑦ 侵牟（móu）：侵夺。牟，取。

⑧ 攘（rǎng）争：争夺。攘，抢夺。

⑨ 稍稍：渐渐。咋啮（zhà niè）：啃咬。

⑩ 一毛：一根草。这两句写猴子把山上的草木全部啃光，整座山便寸草不留了。

⑪ 锄耰（yōu）：泛指农具。耰，古代一种供平整土地和覆种用的农具。

⑫ 嗜（shì）：特别的爱好。

⑬ 偷：苟且。

⑭ 无所投：没有可去的地方。投，投奔。

⑮ 生生：繁殖不息。云：语助词，无义。已：止。

⑯ 岁晚：年终。将安谋：将如何谋生。

　　这是一首密切联系现实的寓言诗，从"吏役沧海上"之句，可以认定为王安石知鄞县时作。这首诗在构思上可能受到唐代散文家柳宗元的名作《憎王孙文》的影响。柳文指责王孙（猴子的别称）轻狂浮躁，喧闹无序，"好践稼蔬，所过狼藉披攘"，"山之小草木，必凌挫折挽，使之瘁然后已。故王孙之居山恒蒿然"。王诗的描写则更为生动，立意也更加深刻。诗中讽喻当时的大小官吏像猴子一样，不事生产，不顾公家的积累，各谋私利，巧取豪夺，弄得坐吃山空，最终必将使国家成为一座"秃山"。柳文把王孙作为奸诈小人的象征，从道德观上着眼；王诗则把猴子作为大小官吏的象征，从生产的角度着眼，表达了作者对国家前途的忧虑。

收　盐①

　　州家飞符来比栉②,海中收盐今复密。穷囚破屋正嗟欷③,吏兵操舟去复出。海中诸岛古不毛④,岛夷为生今独劳⑤。不煎海水饿死耳,谁肯坐守无亡逃。尔来盗贼往往有,劫杀贾客沉其艘⑥。一民之生重天下⑦,君子忍与争秋毫?

① 收盐:指缉拿私盐。

② 州家:州府。飞符:指紧急公文。比栉(zhì):像梳子齿那样密排着,此喻禁令之多。

③ 嗟欷(xī):叹气。

④ 不毛:不长树木和庄稼。

⑤ 岛夷:岛上的居民。夷,中国古代对东方少数民族的称呼。

⑥ 贾(gǔ)客:商人。艘:大船。

⑦ "一民"句:《孟子·公孙丑上》:"行一不义,杀一不辜,而得天下,皆不为也。"

　　宋朝实行盐茶专卖制,天下盐利皆归官府,严禁私人制盐贩盐,违者都要受到严厉制裁。由于赋税严重,以至有的百姓不得不冒着生命危险从事制盐贩盐活动。鄞县靠海,当地许多百姓就是以煎煮海盐为生的。虽然官府屡下禁令,悬赏捉拿煎盐之民,仍未能遏止事态的发展。时为鄞县知县的王安石,目睹这一事实,深感这样下去势必造成官逼民反。为了封建国家长治久安的根本利益,庆历八年(1048),他毅然上书转运使,直言进谏,要求取消禁令,不应"失百姓之心",而应效法"古之君子"(《上运使孙司谏书》)。本诗就是同时之作。作者在诗中描写了海边居民的痛苦,指出了"收盐"政策的弊害,强调"一民之生重天下,君子忍与争秋毫?"这与文中表达的精神是一致的,反映出王安石继承孟子以来的儒家民本思想的传统,表现出青年王安石敢于抨击弊政、要求改革的无畏精神。诗直陈其事,以意行之,一气贯注,描写和议论紧密结合,也表现出王安石早期诗作的特点。

鄞 县 西 亭

收功无路去无田[①]，窃食穷城度两年[②]。
更作世间儿女态，乱栽花竹养风烟。

① "收功"句：意谓做官无法取得政绩，辞官归去家中又无
田产。

② 窃食：指白享俸禄。穷城：指鄞县。两年：王安石于庆历
七年（1047）调任鄞县知县，至皇祐元年（1049）正两年。

王安石早立大志，不安于做碌碌无为的庸官俗吏。
他在鄞县任上做了不少值得称道的事情，但还不满足，
觉得还未能一展才干，无奈之下也不免栽花养竹。这首
小诗就表达了他的这种心情。

答 姚 辟 书[①]

姚君足下：别足下三年于兹[②]，一旦犯大

寒③，绝不测之江④，亲屈来门⑤，出所为文书，与谒并入⑥，若将见贵者然。始惊以疑，卒观文书⑦，词盛气豪，于理悖焉者希⑧。间而论众经，有所开发。私独喜故旧之不予遗⑨，而朋友之足望也。

今冠衣而名进士者，用万千计。蹈道者有焉⑩，蹈利者有焉⑪。蹈利者则否；蹈道者，则未免离章绝句⑫，解名释数⑬，遽然自以圣人之术单此者有焉⑭。夫圣人之术，修其身，治天下国家，在于安危治乱⑮，不在章句名数焉而已。而曰圣人之术单此，妄也。虽然，离章绝句，解名释数，遽然自以圣人之术单此者，皆守经而不苟世者也⑯。守经而不苟世，其于道也几⑰，其去蹈利者则缅然矣⑱。观足下固已几于道，姑汲汲乎其可急⑲，于章句名数乎徐徐之⑳，则古之蹈道者，将无以出足下上。足下以为何如？

① 姚辟：字子张，金坛（今属江苏）人。中进士后历官项城令、通州通判等。嘉祐六年（1061）至治平二年（1065），他与苏洵一起在京编修《太常因革礼》。

② 兹：现在。

③ 犯：冒着。

④ 绝不测之江：越过不可探测的大江。绝，越过。

⑤ 屈：屈驾，对人来访的敬辞。

⑥ 谒：名帖。

⑦ 卒：最后。

⑧ 于理悖焉者希：意谓没有什么违背道理的地方。悖，违背。希，少。

⑨ 不予遗："不遗予"的倒装，意谓不忘记我。予，我。遗，忘记。

⑩ 蹈道者有焉：有履行道义的。蹈，履行，实行。

⑪ 蹈利者有焉：有追逐名利的。

⑫ 离章绝句：分章断句。绝，断。章句，章节与句子。这里指汉代儒生以分章析句来解说经义的一种著述之体，引申为句读训诂之学。

⑬ 解名释数：诠释辞义概念。名数，中国古代哲学家常以此

指概念和气数。

⑭ 遽(jù)然：惶恐的样子。单：仅仅。

⑮ 安危治乱：平定危亡，治理乱世。

⑯ 不苟世者：不轻率迎合世俗的人。苟，苟合。

⑰ 其于道也几：这是接近于履行道义的。几，几乎，将近。

⑱ 缅然：遥远的样子。

⑲ 姑：姑且，暂且。汲汲：心情急切的样子。

⑳ 徐徐：迟缓的样子。

　　姚辟于宋仁宗皇祐元年（1049）中进士。王安石给他的这封信，从内容上来看，是针对进士考试而言的。王安石对进士考试并不很看重，尤其对以章句名数为考试内容的做法不以为然，因而劝姚辟不必急于研究章句名数。据此，本文可能作于姚辟中进士之前的一段时间。

　　本文和王安石的其他书信一样，也是一篇书信形式的议论文。信中在开始寒暄之后，就转入议论，论述了读书的目的及途径等问题。王安石在信中分析了当时读书人应进士试的目的不外"蹈道"（履行道义）和"蹈利"（追逐名利）两途。对于"蹈利"者，王安石是不屑一说的；而对于那些热衷于研究章句名数之学，而对国家大事漠不关心的"蹈道"者，王安石也予以批评。他在文中明确指出："夫圣人之术，修其身，治天下国家，在于安危治乱，不在章句名数焉而已。"即认为儒家学术的精髓在于治理国家的方法，而这才是读书人应该努力学习的。本文体现了王安石重道崇经、经世致用的学术思想。

本文在写作方法上也颇有特色。作者对姚辟来访时"论众经有所开发"一事不以为然，而发表了自己的看法，出语轻婉而立论直截。前人评曰："势重语急，而用笔煞有停顿，简核老当，无一枝辞赘字，且能涵茹意思于笔墨之外，最可法。"（《唐宋文举要》甲编卷七引吴北江语）

登 飞 来 峰①

飞来山上千寻塔②，闻说鸡鸣见日升。不

畏浮云遮望眼,自缘身在最高层③。

① 飞来峰:在越州(今浙江绍兴)飞来山。据史志记载,山上
有塔高二十三丈,站在山上可见海上日出。

② 千寻:极言其高。寻,古代长度单位,八尺为寻。

③ 不畏两句:意谓我不怕浮云遮住远望的视线,因为我站在
塔的最高层。浮云,飘浮的云,亦用来暗喻奸佞的小人。
缘,因为。

这首诗为王安石鄞县任上过越州时所作。诗人登
上飞来峰,顿觉视野开阔,胸襟宽广,由此抒发了不凡的
抱负。诗的后两句寓哲理于形象,可见作者高瞻远瞩的
胸怀和坚毅无畏的气概。

若耶溪归兴①

若耶溪上踏莓苔②,兴罢张帆载酒回。汀
草岸花浑不见③,青山无数逐人来。

① 若耶溪：又名浣纱溪，相传西施浣纱于此，在越州山阴县
（今浙江绍兴）东南，若耶山下。

② 莓苔：草莓和青苔。

③ 汀：水中或水边平地。

这首诗也是王安石鄞县任上过越州时所作。诗写作者游若耶溪归来的感受，表达出作者欢快的心情。其中"青山无数逐人来"一句，用拟人化手法，赋予青山以人的感情，作者把自己对青山的眷恋之情移为青山对自己的眷恋之情，表现出人与自然契合无间的紧密联系。

葛　溪　驿①

缺月昏昏漏未央②，一灯明灭照秋床③。病身最觉风露早，归梦不知山水长。坐感岁时歌慷慨④，起看天地色凄凉。鸣蝉更乱行人耳⑤，正抱疏桐叶半黄。

① 葛溪驿：在今江西弋阳县南。驿是古时供来往官员或递送公文的人暂住和换马的处所。

② 缺月：残月。漏未央：漏声未尽。意指黑夜正长。漏，漏壶，古代的计时器，壶中有刻箭，表示时辰，壶水滴漏，显示时间。

③ 明灭：忽明忽暗。

④ 岁时：时节，这里指秋天。慷慨：感慨悲凉。

⑤ 行人：作者自指。

这首七律写于宋仁宗皇祐二年（1050）作者自临川赴钱塘（今浙江杭州）途中。诗中抒写了作者的旅愁乡思。凄凉的景色，悲苦的境遇，作者以一个诗人的敏锐感受，引发出深切的国事之忧。由思乡到忧国，正见出王安石当时虽为小吏，但位卑不忘忧国的政治家的胸襟。全诗写景真切，抒情深沉，意境深远，达到了情景合一的境界。

到舒州次韵答平甫①

夜别江船晓解骖②，秋城气象亦潭潭③。

山从树外青争出，水向沙边绿半涵④。行问啬
夫多不记⑤，坐论公瑾少能谈⑥。只愁地僻无
宾客，旧学从谁得指南⑦。

① 平甫：王安国，字平甫，王安石的长弟，《宋史》卷三二七
　 有传。

② 解骖（cān）：指停车。骖，一车驾三马。

③ 潭潭：深邃的样子。

④ 涵：包容。

⑤ 啬夫：秦汉时的乡官，掌管诉讼和赋税。这里指汉代循吏
　 朱邑，庐江舒县（今安徽舒城）人，少时曾为舒县桐乡啬夫，
　 《汉书》卷八九有传。

⑥ 公瑾：周瑜，字公瑾，庐江舒县（今安徽舒城）人，三国时东
　 吴名将，《三国志》卷五四有传。

⑦ 旧学：曾经从事的学业。指南：指导。

　　这是皇祐三年（1051）王安石就任舒州通判后写给
其弟平甫的一首次韵诗。王安石在诗中描绘了舒州的

自然风光,抒写了自己初到舒州的感受。那城市深邃的气象和山水秀美的风光给王安石留下了美好的印象,历史上循吏和名将的传说更令人鼓舞,但是他也为当地人很少了解这些乡贤而怅惘,更为僻处小城、无人相与切磋学业而悲愁。从中,也可窥见王安石的抱负和爱好。

舒州七月十一日雨

　　行看野气来方勇①,卧听秋声落竟悭②。淅沥未生罗豆水③,苍茫空失皖公山④。火耕又见无遗种⑤,肉食何妨有厚颜⑥!巫祝万端曾不救⑦,只疑天赐雨工闲⑧。

① 野气:指野外弥漫的云气。方:正。
② 秋声:指秋雨声。悭(qiān):吝啬。这里指雨声细小。
③ 淅沥(xī lì):象声词,形容轻微的雨声。罗豆:河流名,在舒州罗豆镇。

④ 苍茫：细雨迷蒙的样子。空：徒然。皖公山：又名潜山，在潜山县西。

⑤ 火耕：古代的一种耕种方法，先用火烧去杂草，然后种植杂粮或引水种稻。这里泛指种植庄稼。无遗种：指颗粒无收。

⑥ 肉食：指做官的人。

⑦ 巫祝：即巫师，旧时从事降神司祭等迷信职业的人。端：头绪。这里指方法。曾（zēng）：却。不救：无法解救。

⑧ 雨工：即雨师，古代传说司降雨的神。

　　皇祐三年（1051），王安石就任舒州通判后不久，即遇天旱，好不容易有一天盼来了乌云，却只下了一阵细雨，丝毫不能缓解旱情。眼看天灾日益严重，而那些厚颜无耻的官吏却依然无动于衷，作者不禁深感忧愤，写下了这首七律。诗中表达了作者对人民的深切同情和对尸位素餐的官吏的愤慨。全诗词气峻急，用词生新，颇见作者这一时期的诗作特色。

题舒州山谷寺石牛洞泉穴①

水泠泠而北出②,山靡靡而旁围③。欲穷源而不得,竟怅望以空归。

① 诗名一作《留题三祖山谷寺石壁》。作者自注云:"皇祐三年九月十六日,自州之太湖,过怀宁县山谷乾元寺,宿。与道人文锐、弟安国拥火游石牛洞,见李翱习之之书,听泉久之。明日复游,乃刻习之后。"山谷寺,一名乾元寺,为舒州皖公山(又名三祖山,为禅宗三祖僧璨隐居地)名胜,在安徽省怀宁县,怀宁时属舒州。

② 泠(líng)泠:形容水声清越。

③ 靡靡:壮丽的样子。

皇祐三年(1051)九月,王安石与友人游览舒州名胜山谷寺石牛洞,为这里的山水所吸引,又因见到唐代散文家李翱(习之)的题字,遂写了这首六言诗刻于李翱题字后。诗以极简练的笔墨勾勒出山谷寺的山水胜景，表达出作者"穷源而不得"的惆怅之情，语调闲淡，余味不尽，有楚辞风韵，以至时人晁补之把它编入《续楚辞》，朱熹所编《楚辞集注》也把它收入《楚辞后语》。三十年后，北宋另一大诗人黄庭坚也游此，爱山谷寺山水名胜，遂自号"山谷道人"，并效王安石此诗也作了一首六言诗。可见此诗在当时的影响。

壬 辰 寒 食①

客思似杨柳②，春风千万条。更倾寒食泪，欲涨冶城潮③。巾发雪争出④，镜颜朱早凋⑤。未知轩冕乐⑥，但欲老渔樵⑦。

① 壬辰：皇祐四年（1052）。寒食：节令名，在农历清明前一日或二日。

② 客思：他乡之思。思，思绪，心事。

③ 冶城：故址在今南京市朝天宫附近。

④ 巾：头巾。雪：指白发。

⑤ 颜：容颜。朱：红色，常形容青春的容颜。凋：萎谢，引申
　　为憔悴。

⑥ 轩冕（miǎn）：古代公卿大夫的车服，因以指代官位爵禄。
　　轩，古代一种前顶较高而有帷幕的车子，供大夫以上乘坐。
　　冕，礼帽，古代卿大夫以上所戴，以后专指皇冠。

⑦ 老：终老。渔樵：渔人和樵夫，因以指代隐逸生活。

　　皇祐四年（1052），岁当壬辰。时值寒食，王安石自
舒州通判任上回江宁（今江苏南京）祭扫父亲墓，写下
了这首五律。作者在诗中充分运用比喻和夸张的修辞
手法，如“客思似杨柳”、“欲涨冶城潮”诸句，生动形象
地抒发了自己扫墓思亲时的沉痛心情和羁绊官场的苦
闷，流露出对隐逸生活的向往。全诗感情沉挚，笔势清
雄。近人陈衍评曰：“起十字无穷生清新，余衰飒太
过。”（《宋诗精华录》）

宣州府君丧过金陵①

百年难尽此身悲②，眼入春风只涕洟③。

花发鸟啼皆有思,忍寻《常棣》鹡鸰诗④!

① 宣州府君:这是作者对其长兄王安仁的敬称。安仁,字常
   甫,曾任宣州(今安徽宣城)司户。府君,旧时子孙对其先
   世的敬称。金陵:即江宁。

② 百年:一生,也作为死的讳称。

③ 涕洟(yí):涕泪。涕,眼泪。洟,鼻涕。

④ 忍:怎么忍心。表反诘。《常棣》鹡鸰诗:指《诗经·小
   雅·常棣》。诗中有"脊令在原,兄弟急难"、"凡今之人,莫
   如兄弟"等句,旧说认为是表现兄弟情谊的作品。脊令,即
   鹡鸰,鸟名。

皇祐三年(1051),王安石的长兄王安仁病卒,年三
十七,次年四月葬于江宁。王安石为此写了《亡兄王常
甫墓志铭》,又写了这首诗表达自己悲痛的心情。诗以
平易的语言起笔,触景生情,直接抒写了作者难以抑制
的悲哀;又引《诗经》中表现兄弟情谊的作品,更有不忍
诉说的感受,增强了悲哀的力度,诚挚感人。

老杜诗后集序^①

予考古之诗，尤爱杜甫氏作者，其辞所从出，一莫知穷极，而病未能学也^②。世所传已多，计尚有遗落，思得其完而观之^③。然每一篇出，自然人知非人之所能为，而为之者，惟其甫也，辄能辨之。

予之令鄞^④，客有授予古之诗世所不传者二百余篇。观之，予知非人之所能为，而为之实甫者，其文与意之著也^⑤。然甫之诗其完见于今者，自予得之。世之学者至乎甫，而后为诗不能至，要之不知诗焉尔。呜呼！诗其难惟有甫哉？自《洗兵马》下序而次之^⑥，以示知甫者，且用自发焉^⑦。皇祐壬辰五月日^⑧，临川王某序。

① 老杜：指唐代大诗人杜甫。

②病：恨，不满。

③完：完整。

④令鄞：为鄞县县令。

⑤著：显明，显出。

⑥《洗兵马》：杜甫的古体诗名作。次：编排。

⑦发：启发。

⑧皇祐壬辰：即皇祐四年（1052）。

　　杜甫是唐代伟大的现实主义诗人，也是王安石最推崇的前代诗人。在杜甫诗集的整理、注释和杜诗的思想、艺术研究方面，王安石都作出了不少贡献。从这篇《老杜诗后集序》中，就可以看出王安石在这方面的努力。

　　本文作于皇祐四年（1052），当时王安石任舒州通判。在这之前，他在鄞县县令任上时，得到了"古之诗世所不传者二百余篇"，凭着他对杜甫诗的深刻了解和文史方面的深厚学养，判断其为杜甫诗，编成了一部《杜工部诗后集》，并撰写了这篇序言。王安石在这篇序言中,首先表述了自己对杜诗的热爱及熟悉程度,然后介绍了自己编杜甫诗集的缘起和经过,明确表示了自己学习杜诗的追求。值得指出的是,王安石不仅是杜甫及其作品的崇拜者,也是杜诗艺术的步趋者。他熟读杜诗,对杜诗的艺术风格和特点有深刻的认识,所以能在文中自信地说:"每一篇出,自然人知非人之所能为,而为之者,惟其甫也。辄能辨之。……观之,予知非人之所能为,而为之实甫者,其文与意之著也。"从这些话中,足见王安石对杜诗的用力之勤和浸淫之久。

作为一篇书序,本文写得相当简洁,而又充分表述了自己编集杜诗的目的和意义,符合书序之体,前人赞之有"深沉之思,简劲之言"(茅坤《唐宋八大家文钞》卷八六)。

杜 甫 画 像

吾观少陵诗①,谓与元气侔②。力能排天斡九地③,壮颜毅色不可求④。浩荡八极中⑤,

生物岂不稠⑥。丑妍巨细千万殊⑦，竟莫见以
何雕镂⑧。惜哉命之穷，颠倒不见收⑨。青衫
老更斥⑩，饿走半九州⑪。瘦妻僵前子仆后⑫，
攘攘盗贼森戈矛⑬。吟哦当此时，不废朝廷忧。
常愿天子圣，大臣各伊周⑭。宁令吾庐独破受
冻死⑮，不忍四海赤子寒飕飗⑯。伤屯悼屈止
一身，嗟时之人我所羞⑰！所以见公像，再拜涕
泗流⑱。推公之心古亦少⑲，愿起公死从
之游⑳。

① 少陵：杜甫曾居长安城南少陵附近，故自称"少陵野老"，世
   称"杜少陵"。

② 元气：古人所认为的世界物质本原。侔（móu）：相等。

③ 排天：开拓天宇。排，推开。斡（wò）九地：旋转大地。
   斡，旋转。九地，大地，极言其深。

④ 壮颜毅色：雄壮的面貌、坚毅的神色。

⑤ 八极：八方最边远的地方，指整个世界。

⑥ 稠：多而密。

⑦ 妍：美。殊：不同。

⑧ 雕锼（sōu）：刻镂。这里指杜甫诗的艺术刻画和描绘。

⑨ 颠倒：指困顿潦倒。收：接纳，这里指被朝廷任用。杜甫到四十多岁才当上"左拾遗"这样一个小官。

⑩ 青衫：指下级官吏的服装。斥：排斥，贬退。杜甫任左拾遗时，上疏得罪，被贬为华州司功参军，后又弃官而去。

⑪ 九州：泛指全中国。杜甫弃官后，曾寓居成都、夔州（今重庆奉节）等地，晚年出三峡，辗转漂泊于湖北、湖南之间，最后病死于由长沙至岳阳的小舟中。

⑫ 瘦妻：杜甫对自己妻子的称呼。僵：倒下。仆：跌倒。杜甫有一幼子因饥而卒。

⑬ 攘攘：纷乱的样子。森：密集的样子。戈矛：均为我国古代主要的兵器，这里代指战乱。

⑭ 伊：指伊尹，商朝贤相，辅佐商汤灭夏。周：指周公，姓姬名旦，周武王之弟，辅佐武王子成王平治天下。

⑮ 庐：住所。

⑯ 飕飗（sōu liú）：风雨声。这两句诗本自杜甫《茅屋为秋风所破歌》所云："安得广厦千万间，大庇天下寒士俱欢颜，风雨不动安如山。呜呼！何时眼前突兀见此屋，吾庐独破受

冻死亦足。"

⑰ "伤屯"二句：意思是现在的人只会为个人的困厄、屈辱而伤心悲叹，我真为他们感到羞耻。屯，艰难困顿。悼，悲伤。

⑱ 涕泗（sì）：泪涕。涕，眼泪。泗，鼻涕。

⑲ 推：推想，推求。

⑳ 游：交游，游从。

宋仁宗皇祐四年（1052），王安石在任舒州通判期间，辑录了一部唐代大诗人杜甫的诗集，并写有《老杜诗后集序》，对杜甫推崇备至。这首诗可能也是同时所作。在这首诗中，王安石推崇的是杜甫身处离乱之中，仍忧国忧民的一腔忠忱和他推己及人的博大胸怀；同时，对于杜甫一生坎坷多艰的遭遇，寄予了深切的同情。诗中还高度赞扬了杜甫高超的诗歌艺术，传神地刻画了杜甫的风貌，真切地表现了自己对杜甫的钦敬之情。其风格颇似杜甫七古之槎枒瘦硬中见浑灏之气，是历代题咏杜甫画像诗中的名篇。

兼　并

三代子百姓①，公私无异财②。人主擅操柄③，如天持斗魁④。赋予皆自我⑤，兼并乃奸回⑥。奸回法有诛⑦，势亦无自来。后世始倒持，黔首遂难裁⑧。秦王不知此，更筑怀清台⑨。礼义日已偷⑩，圣经久堙埃⑪。法尚有存者，欲言时所咍⑫。俗吏不知方⑬，掊克乃为材⑭。俗儒不知变，兼并可无摧⑮。利孔至百出⑯，小人私阖开⑰。有司与之争⑱，民愈可怜哉！

① 三代：指夏、商、周三个朝代。子：用作动词，意谓像对子女般爱育。

② 异财：分外的财物。

③ 人主：君主。擅：独揽，专断。操：操持，掌握。柄：权柄。

④ 斗魁：北斗七星的前四颗星称斗魁，后三颗星叫斗柄。在不同季节和晚上不同时刻，北斗七星出现的方位也不同，

看起来像围绕着北极星转动。

⑤ 赋予：征收和给予,指国家财政收支。我：指君主自己。

⑥ 奸回：奸诈邪恶。

⑦ 诛：杀戮;惩罚。

⑧ 黔(qián)首：战国及秦代时对老百姓的称呼。裁：节制,管理。

⑨ 秦王：指秦始皇嬴政。当时巴地(今四川省)有个名叫清的寡妇,靠垄断丹砂生产致富。秦始皇为奖励她,修筑了怀清台。

⑩ 偷：浇薄。这里是败坏、沦丧之意。

⑪ 圣经：圣人的经典,这里指讲求礼义的儒家经典。堙(yīn)埃：埋没在尘埃里。堙,埋没。

⑫ 咍(hāi)：讥笑,嗤笑。

⑬ 方：方法。

⑭ 掊(póu)克：聚敛贪狠。

⑮ 摧：摧毁,挫败。

⑯ 利孔：指生财的门路。

⑰ 小人：指奸诈之人。阖(hé)开：关闭和开启。这里指对财利的操纵。

⑱ 有司：指主管官吏。

　　这首诗作于皇祐五年（1053），王安石当时任舒州通判。他在地方官任上，深刻地认识到当时日趋严重的土地兼并现象给百姓带来的祸害，从维护封建王朝的长治久安出发，在这首诗中提出了抑制兼并的主张。这首诗纯以议论行之，诗语惟其所向，虽颇深刻，却欠含蓄，显得峭直而乏韵味，表现出王安石早期五古学杜甫、韩愈而在艺术上尚欠成熟之处。

郊　　行

　　柔桑采尽绿阴稀①，芦箔蚕成密茧肥②。
聊向村家问风俗③：如何勤苦尚凶饥④？

① 柔桑：柔嫩的桑叶。

② 芦箔（bó）：用芦苇编成的养蚕的工具。

③ 聊：姑且，随意。风俗：这里指日常生活的情形。

④ 凶饥：饥荒。凶,谷物不收,灾荒。

　　作者漫步郊外,看见乡村中蚕农辛劳忙碌却不得温饱,于是写了这首诗,对他们的境遇深表同情。末句以反诘作结,含蓄凝练,发人深思。诗作于其地方官任上,诗意与《兼并》等作相近,故附于此。

促　　织

　　金屏翠幔与秋宜①,得此年年醉不知。只向贫家促机杼②,几家能有一绚丝③?

① 金屏：金色的围屏。翠幔：翠绿色的帐幔。宜：适合。这句写富人养蟋蟀的优越环境。

② 机杼(zhù)：织布机,这里指织布。杼,织机上的梭子。

③ 一绚(qú)：束。绚,古时鞋头上的装饰,有孔,可以穿系鞋带。

蟋蟀的鸣声像织机的声音,仿佛在催人织布,故又名促织,这首诗即借此寓意。诗中对蟋蟀的斥责,实际上是对那些只知搜刮百姓财富、养尊处优、醉生梦死而不管民间疾苦之人的讽刺和鞭挞,是一首寓意深刻的咏物之作。诗意与《兼并》等作相近,故附于此。

芝 阁 记

祥符时①,封泰山②,以文天下之平③,四方以芝来告者万数④。其大吏,则天子赐书以宠嘉之⑤;小吏若民⑥,辄锡金帛⑦。方是时,希世有力之大臣⑧,穷搜而远采;山农野老,攀缘狙杙⑨,以上至不测之高,下至涧溪壑谷,分崩裂绝,幽穷隐伏,人迹之所不通,往往求焉。而芝出于九州、四海之间⑩,盖几于尽矣⑪。

至今上即位⑫,谦让不德⑬。自大臣不敢言封禅,诏有司以祥瑞告者皆勿纳⑭,于是神奇之产，销藏委翳于蒿藜榛莽之间[15]，而山农野老不独知其为瑞也。则知因一时之好恶，而能成天下之风俗，况于行先王之治哉？

太丘陈君学文而好奇[16]。芝生于庭，能识其为芝，惜其可献而莫售也[17]，故阁于其居之东偏，掇取而藏之[18]。盖其好奇如此。噫！芝一也[19]，或贵于天子，或贵于士，或辱于凡民[20]，夫岂不以时乎哉[21]？士之有道，固不役志于贵贱[22]，而卒所以贵贱者[23]，何以异哉？此予之所以叹也。皇祐五年十月日记[24]。

① 祥符：全称"大中祥符"，宋真宗赵恒的年号（1008—1016）。

② 封泰山：战国时一些儒生认为五岳中泰山最高，帝王应到泰山祭祀，登泰山筑坛祭天叫"封"，在山南梁父山上辟基祭地叫"禅"。其后，不少封建帝王为宣扬天命论，都去泰山封禅。宋真宗祥符元年（1008），亦去泰山封禅。

③ 文：文饰。

④ 芝：即灵芝，一种菌类植物，古人以为瑞草。

⑤ 宠嘉：恩宠和嘉奖。

⑥ 若：与，和。

⑦ 锡：同"赐"。

⑧ 希世：指附和世俗。

⑨ 攀缘：攀登。狙杙(jù yì)：指像猴子一样攀着小木桩。狙，
猕猴。杙，小木桩。

⑩ 九州：传说中的我国中原上古行政区划，其说不一。后泛
指全中国。四海：古以中国四境有海环绕，因此指中国四
周的海疆。后泛指全国各地。

⑪ 盖：大概。几：几乎，接近。

⑫ 今上：指宋仁宗赵祯，公元 1022 年至 1063 年在位。

⑬ 不德：不施恩德，引申为不使人感恩戴德。

⑭ 纳：收入，接受。

⑮ 销藏委翳(yì)：消失藏匿，埋没隐蔽。蒿藜榛莽：野草芜杂
丛生。

⑯ 太丘：古县名，治所在今河南永城西北。陈君：名字不详。

⑰ "惜其"句：叹惜灵芝可以进献却不能实现这一目标。售，
实现，达到。

⑱ 掇（duō）取：拾取。

⑲ 芝一也：灵芝是一样的。一，同样。

⑳ 辱：埋没。

㉑ 夫岂不以时乎哉：这难道不是由于时机的不同吗？时，时机。

㉒ 固不役志于贵贱：固然志向不为贵贱所驱使。役，驱使。

㉓ 卒：最后。

㉔ 皇祐五年：公元1053年。

公元997年，宋太宗赵光义死，太子赵恒即位，就是宋真宗。宋真宗是宋朝的第三代皇帝。当时，宋朝国内已经统一，社会经济已经得到初步发展。然而，宋真宗却没有保持已有的成就，相反却奢侈淫靡，歌舞升平。他大搞封禅，征求祥瑞。因此，全国上下竞相采集灵芝作为祥瑞进献，以致一时灵芝身价百倍。公元1022年，宋真宗死，太子赵祯即位，是为宋仁宗。鉴于前代的教训，仁宗以节俭标榜，禁止进献祥瑞。因此，王安石的友人陈君得到灵芝后，只得自藏于阁，并请王安石写了这篇文章。

本文作于宋仁宗皇祐五年（1053）。王安石在文中，首先叙述了真宗时举国上下搜求灵芝和仁宗时灵芝无人问津的这两种完全相反的情况，然后通过描述灵芝一物在真宗、仁宗两朝这样截然不同的遭遇，把灵芝的逢时与士大夫的进退遇合联系在一起，认为灵芝的遭遇正是当时士人命运的象征，从而抒发了自己的人生感慨，蕴含了作者对当时朝廷用人政策的不满。全文叙事和议论熔于一炉，深化了文章的主题，体现了王安石散文的特点，如茅坤所说是"荆公本色之佳处"（《唐宋八大家文钞》）。

游 褒 禅 山 记[①]

褒禅山亦谓之华山，唐浮图慧褒始舍于其址[②]，而卒葬之[③]，以故其后名之曰"褒禅"。今所谓慧空禅院者，褒之庐冢也[④]。距其院东五里，所谓华山洞者，以其乃华山之阳名之也[⑤]。

距洞百余步，有碑仆道⑥，其文漫灭⑦，独其为文犹可识，曰"花山"。今言"华"如"华实"之"华"者，盖音谬也⑧。

其下平旷，有泉侧出⑨，而记游者甚众⑩，所谓前洞也。由山以上五六里，有穴窈然⑪，入之甚寒。问其深，则其好游者不能穷也⑫，谓之后洞。余与四人拥火以入⑬，入之愈深，其进愈难，而其见愈奇。有怠而欲出者⑭，曰："不出，火且尽。"⑮遂与之俱出。盖予所至，比好游者尚不能十一⑯，然视其左右，来而记之者已少。盖其又深，则其至又加少矣。方是时⑰，予之力尚足以入，火尚足以明也⑱。既其出，则或咎其欲出者⑲，而予亦悔其随之，而不得极夫游之乐也⑳。

于是予有叹焉。古人之观于天地、山川、草木、虫鱼、鸟兽，往往有得㉑，以其求思之深而无不在也㉒。夫夷以近㉓，则游者众；险以远，则至者少。而世之奇伟、瑰怪、非常之观^㉔，常在于险远，而人之所罕至焉^㉕。故非有志者，不能至也。有志矣，不随以止也，然力不足者，亦不能至也。有志与力，而又不随以怠，至于幽暗昏惑，而无物以相之^㉖，亦不能至也。然力足以至焉^㉗，于人可为讥，而在己为有悔。尽吾志也而不能至者，可以无悔矣，其孰能讥之乎？此予之所得也。

余于仆碑，又以悲夫古书之不存^㉘，后世之谬其传而莫能名者^㉙，何可胜道也哉！^㉚此所以学者不可以不深思而慎取之也。^㉛

四人者：庐陵萧君圭君玉^㉜，长乐王回深父^㉝，余弟安国平父、安上纯父^㉞。

至和元年七月某日^㉟，临川王某记^㊱。

① 褒（bāo）禅山：在今安徽含山县北。

② 浮图：梵文佛陀的旧译。有佛、佛教徒或佛塔等不同意义。

这里指佛教徒(和尚)。慧褒:唐朝著名的和尚。他因喜爱含山县北的山林之美,在此筑室定居。舍:动词,指盖房子居住。址:基址,引申为山脚。

③ 卒:最后。跟上文的"始"字照应,不作"死"讲。

④ 庐冢(zhǒng):庐舍(禅房)和坟墓。

⑤ 阳:山的南面。上句"华山洞",疑应作"华阳洞"。

⑥ 仆(pū)道:倒在路上。

⑦ 文:碑文。下句"其为文"的"文",指碑上残存的文字。漫灭:指碑文剥蚀,模糊不清。

⑧ "今言"二句:大意是现在把"华(huā)山"的"华",念作"华(huá)实"的"华",看来是读错了音,即应该读作"花"。谬,错误,差错。

⑨ 侧出:从旁边流出。

⑩ 记游者:指在洞壁上题字留念的人。

⑪ 穴:洞穴。窈(yǎo)然:幽深的样子。

⑫ 好(hào)游者:喜欢游览的人。穷:尽,这里指走到洞的尽头。

⑬ 拥火:举着火把。

⑭ 怠:怠惰,这里指懒于前进。

⑮ 且：将要，快要。

⑯ 不能十一：不到十分之一。

⑰ 方：正当。

⑱ 明：照明。

⑲ 或：有人。咎(jiù)：责怪。

⑳ 极：尽，这里指尽兴。夫：指示代词，这次。

㉑ 得：心得。

㉒ 求思：探求、思索。

㉓ 夷：平坦。以：连词，而且。

㉔ 瑰(guī)怪：壮丽奇异。非常之观：平时很难看到的景物。

㉕ 罕至：很少到达。至，到达。

㉖ 相(xiàng)：辅助。

㉗ 然力足以至焉：疑这句后面省去"而不能至"之类的话。

㉘ 以：因而。悲：感叹。夫：语助词。

㉙ 名：指称，说明。

㉚ 胜(shēng)：尽，完全。

㉛ 慎取：慎重采用。

㉜ 庐陵：今江西吉安。萧君圭君玉：名君圭，字君玉，生平
不详。

㉝ 长乐：今属福建。王回深父：名回，字深父，一作深甫，北宋学者。

㉞ 安国平父：王安国，字平父，一作平甫，王安石的长弟。安上纯父：王安上，字纯父，一作纯甫，王安石的幼弟。

㉟ 至和元年：即公元 1054 年。至和，宋仁宗赵祯的年号（1054—1056）。

㊱ 王某：王安石自称。

宋仁宗至和元年（1054）七月，王安石任舒州通判期满，在离任赴京的途中路过褒禅山，写下了这篇游记。

这是一篇通过记游而说理的散文。全文主要围绕着两个问题来写。一是用登山探洞的亲身经历，具体生动地论述了志向、力量、物质条件三者之间的关系。作者反对浅尝辄止，半途而废，提倡深入探索，百折不回。他在文中指出，必须有理想、有能力、有客观物质条件的配合，才能做到这一点。二是由所见残碑，联想到由于古代文献资料的不足，致使后人以讹传讹，弄不清事情的真相，因而提倡学者必须"深思而慎取"。这两点都是从治学的角度来论述的,对其他领域也当然有一些启发意义。

本文以游记的形式,寄托人生哲理,在艺术表现上很有特色。文章以游踪为线索,先记游,后议论,议论承上文记游而来,记游为下文议论作铺垫,由具体事实的叙述到抽象道理的议论,转折变化十分自然。文章叙事简明生动,说理生动形象,叙事和说理结合得紧密自然。在结构上,上述两层意思并不平列叙述,而是以前者为主,后者为从,情理互见,虚实相生,整个布局显得灵活而有变化。作者又善于发挥虚词的作用,文中连用二十个"其"字,节奏鲜明,无杂沓繁复之嫌,反而显得简捷稳健。明人茅坤评本文曰:"逸兴满眼而余音不绝。"(《唐宋八大家文钞》)正指出了本文令人回味无穷的思想深度和艺术魅力。

乌 江 亭

百战疲劳壮士哀,中原一败势难回[①]。江东子弟今虽在②，肯与君王卷土来③？

① 中原一败：指项羽垓下之败。项羽自秦二世元年（前 209）
随叔父项梁率江东子弟八千人起兵反秦后，身经百战，先
与刘邦率领的起义军一起灭秦，随后自封西楚霸王，与刘
邦逐鹿中原。由于他刚愎自用，渐失民心，终于在公元前
202 年被刘邦围在垓下（今安徽灵璧县东南）。他突围后身
边仅剩二十八人，因无颜回江东而绝望自杀。
② 江东：指长江下游南岸一带，是项羽的起兵之处。
③ 卷土来：指失败后整顿以求再起。

　　乌江亭坐落在和州（今安徽和县）东北，相传这里
是秦汉之际风云一时的西楚霸王项羽兵败后自刎之处。
对于这位失败的悲剧英雄，前人多为之惋惜。唐代诗人
杜牧有一首《乌江亭》诗："胜败兵家事不期，包羞忍耻
是男儿。江东子弟多才俊，卷土重来未可知。"认为项
羽自杀不可取，应不屈不挠，卷土重来。宋仁宗至和元
年（1054）秋，王安石舒州通判任满赴京途经和州，针对

杜牧的议论，写了这首诗。诗中描述了项羽兵败后大势已去，再无回天之力的情况，认为江东子弟对项羽已经丧失信心，不会再替他效力卖命，即使他能"包羞忍耻"，也无法卷土重来。王安石以一个政治家的敏锐眼光，从刘项相争的军事态势及人心向背的角度对杜牧所论提出异议，议论精警，独具只眼。

答钱公辅学士书①

比蒙以铭文见属②，足下于世为闻人③，力足以得显者铭父母④，乃以属于不腆之文⑤，似其意非苟然⑥，故辄为之而不辞。不图乃犹未副所欲⑦，欲有所增损。鄙文自有意义，不可改也。宜以见还，而求能如足下意者为之耳。

家庙以今法准之⑧，恐足下未得立也。足下虽多闻，要与识者讲之。如得甲科为通判⑨，通判之署，有池台竹林之胜，此何足以为太夫人之荣而必欲书之乎？贵为天子，富有天下，苟不能行道，适足以为父母之羞，况一甲科通判？苟粗知为辞赋，虽市井小人⑩，皆可以得之，何足道哉？何足道哉？故铭以谓"闾巷之士以为太夫人荣⑪"，明天下有识者不以置悲欢荣辱于其心也。太夫人能异于闾巷之士而与天下有识同，此其所以为贤而宜铭者也。至于诸孙，亦不足列。孰有五子而无七孙者乎⑫？七孙业文有可道⑬，固不宜略，若皆儿童，贤不肖未可知，列之于义何当也？诸不具道⑭，计足下当与有识者讲之。南去愈远，君子惟慎爱自重。

① 钱公辅：字君倚，常州武进（今属江苏）人。曾任集贤校理、知制诰等职。学士：这里是对有学问的人的尊称，非指官名。

② 比：近来。铭文：指王安石所撰《永安县太君蒋氏墓志铭》。见：助动词，表人家对我如何。属（zhǔ）：通"嘱"，

请托。

③ 闻人：有名声的人。

④ 显者：名人。铭父母：为父母作铭文。铭，这里用作动词。

⑤ 不腆(tiǎn)：不美好。这里用作自谦之词。

⑥ 苟然：草率的样子。

⑦ 不图：不意。副：符合。

⑧ 家庙：家族中奉祀祖先的祠堂。王安石《蒋氏墓志铭》："勗(xù)者其兴，以克有庙。"

⑨ 甲科：进士考试的优等。通判：官名。宋初始于诸州府设置，即共同处理政务之意。地位略次于州府长官，但握有连署州府公事和监察官吏的实权，号称"监州"。

⑩ 市井：群众进行买卖的地方。也作为市街的通称。

⑪ 闾巷：犹言里巷，泛指民间。王安石《蒋氏墓志铭》："既其子官于朝，丰显矣，里巷之士以为太君荣，而家人卒亦不见其喜矣。"大意是说，钱母不因儿子得官荣显而喜，悲欢荣辱不放在心上，这是连当时一般士人也做不到的。所以信中下文有"太夫人能异于闾巷之士，而与天下有识同"之语。

⑫ 五子：指钱公铼、公谨、公辅、公仪、公佐。七孙：王安石

《蒋氏墓志铭》："孙七，皆幼云。"

⑬ 业文：学习文章。业，这里作动词用，指学习。

⑭ 诸：指示代词，指人或事物。上文"诸孙"之"诸"为副词，意为众多，与此不同。

　　本文写于宋仁宗至和元年（1054）。这年，王安石应邀为友人钱公辅之母撰写了墓志铭，即《永安县太君蒋氏墓志铭》。该文长四百余字，扼要地叙述了蒋氏的道德行义，而对她的家庭情况的介绍比较简略，体现了王安石所撰墓志铭的特点。钱公辅读到后，有所不满，认为不足以荣耀其母，要求王安石更改。因此，王安石写了这封信作答。

　　王安石在信中，首先就钱公辅要求他更改墓志铭一事，予以坚决的回绝，明确表示："鄙文自有意义，不可改也。"这充分表示了王安石为文不苟作的特点，又充分体现出王安石倔强而又自信的性格。接着，他又具体阐述了撰写墓志铭应注意的几个问题。对于当时一些墓志铭罗列墓主的子孙及其官职以炫耀的做法，王安石表示了异议。他认为,那些炫耀子孙、官职之类的俗套毫无意义,而应该以"行道"来作为荣耀的标准,即使"贵为天子,富有天下,苟不能行道,适足以为父母之羞"。这是一个十分大胆而又深刻的见解,显示出王安石不崇拜于一切权威(甚至帝王)、不落俗套、不从流俗的精神风貌。

三、在京为官(1055—1063)

从至和二年(1055)至嘉祐八年(1063)的这九年,是王安石在京为官的时期。这一期间,除嘉祐二年(1057)出知常州、三年调为江东提刑这段时间外,王安石一直在京为官,先后担任过群牧司判官、三司度支判官、修起居注、知制诰等职。

至和元年秋,王安石到达汴京。当时,欧阳修也正好来京叙职,被任命为翰林学士,主持撰写《唐书》,即后世所称的《新唐书》。王安石对欧阳修心仪已久,至此两人才得以见面。王安石这次入京后,被任命为群牧司判官。群牧司主管国家的马政,负责全国各地有关饲养国马的事务,由枢密使或枢密副使等重臣兼领制置使,是一个比较重要而又清闲的部门。当时主管群牧司的是任枢密副使的包拯,他做官以廉洁著称,不畏权贵,执法严峻,后世奉为清官的典型,民间尊称为"包公"。当时与王安石同为判官的还有后来与王安石政见相左的著名史学家司马光。王安石在群牧司为官将近一年,深得上司好评。嘉祐元年(1056),欧阳修又上状荐举王安石,称"太常博士、群牧判官王安石,学问文章,知名当世;守道不苟,自重其身;议论通明,兼有时才之用,所谓无施不可者"(《再论水灾状》)。这年十二月,王安石被任命为提点开封府界诸县镇公事,成为朝廷大臣所关注的人物。

这时,以欧阳修为中心,在汴京形成了一个文人圈。欧阳修早已以他杰出的文学成就,成为当时文坛众望所归的领袖。与他一起反对宋初西昆体诗风、倡导宋诗新貌的老诗人梅尧臣,这时也来到汴京,任国学直讲。王安石也进入了这个文人圈,与欧阳修、梅尧臣等人诗歌唱和。这年,远在四川眉山的文人苏洵也带着他的两个准备应试的儿子苏轼、苏辙来到京城,拜见了欧阳修。

苏洵的文章得到了倡导古文的欧阳修的高度评价。嘉祐二年（1057）正月，宋仁宗命欧阳修权知贡举。欧阳修利用这次机会，倡导平易流畅的文风，苏轼、苏辙兄弟和曾巩等人都高中进士，而以写当时在太学中流行的以奇诡艰涩著称的"太学体"的士子们都被黜落。这在当时文坛上是一件大事，对于宋代文风的发展具有重要的意义。从此，以欧阳修为代表的诗文革新运动在北宋文坛上确立了主导地位。唐宋古文八大家中的宋六家——欧阳修、曾巩、王安石和三苏（苏洵、苏轼、苏辙）这时齐聚京城，可谓文坛的盛事，嘉祐二年也因此成为中国文学史上一个值得大书特书的年份。

嘉祐二年五月，王安石出知常州。到达常州后，鉴于当地吏治散漫、田畴多荒的情况，王安石首先整顿吏治，随后计划在当地开掘一条运河以促进境内的农业生产。由于运河工程工作量大，时间又很急，这一计划遭到了不少人的反对，王安石的同僚和上司认为他是多此一举，不予支持。在王安石的坚持下，工程还是开工了，施工时适逢淫雨不止，本来民工就少，又多因此生病，工程无法进行下去,只得半途而废。这件事劳民伤财又未能成功,王安石对此深感愧恨,同时对官场上多因循苟且、不务实干的风习深表不满,认为"方今万事所以难合而易坏,常以诸贤无意耳"(《与刘原父书》)。他坚决不愿随波逐流,混同于不务实干、猎取名位的庸俗之辈。

王安石在常州任上不到一年,就再次得到升迁。嘉祐三年二月,他被任命为提点江南东路刑狱公事。江南东路的辖境,相当今安徽、江苏的镇江等一线以西的长江以南及江西鄱阳湖以东地区,治所在饶州(今江西省鄱阳县)。提点刑狱公事简称提刑,主管所属各州的司法、刑狱和监察,是一路最高的司法官吏,同时又兼管农桑,职务比较重要。作为一个执法官,王安石处置了不少案件。他认为,礼教和刑法是相辅相成的,"古者致治之世,然后备礼而致刑"(《答王深父书》)。在任上,王安石了解到江南榷茶的情况。由于政府实行茶叶专卖制度,即榷茶法,在产地设置茶场,茶农生产的茶叶由政府包买,再由茶商包销。茶叶专卖同盐一样,成了政府的重要财政收入。然而,政府专卖的茶叶,往往质量低劣；而茶商有政府撑腰，任意抬高茶叶价格，以致私运、私贩茶叶事件不断发生，闹得狱讼纷纷。王安石看到了榷茶法的弊端，立即写了《议茶法》一文上奏朝廷，建议废除榷茶法，改用由百姓运销、政府抽税的方法。不久，朝廷采纳了王安石的建议。后来的事实证明，北宋政府的抽税所得，比之茶叶专卖所得的收入并未减少。这件事，又一次显示了王安石在处理财政问题方面的才干。

在江东提刑任上仅八个月，王安石又一次接到新的任命。嘉祐三年十月，他被任命为三司度支判官，再次赴京任职。王安石解使事后，顺道回故乡临川，路宿抚州金峰，作诗感叹道：

> 十年再宿金峰下，身世飘然岂自知。山谷有灵应笑我，纷纷南北欲何为？

这些年来，他从中央到地方，在更大的范围内对北宋社会的政治、经济状况有了更广泛深入的了解；这也使他入仕十多年来关于改革的思想得到了更加清晰的表述。

在离职赴京的这段日子里，他系统地思考了十几年来心中萦绕着的种种问题，写成了一篇洋洋洒洒、长达万言的雄文，这就是次年入京所献的《上仁宗皇帝言事书》，被近人梁启超誉为"秦汉之后第一大文"（《王安石评传》）。这篇文章对于研究王安石的思想发展，有着极其重要的意义。

在这篇文章中，王安石比较全面地分析了当时的政治形势，指出了当时国家内外交困、风俗败坏的现状，认为造成这种情况的根本原因在于国家不懂得建立法令制度，而当时已有的法令制度大多数却不符合古代先王的政治主张，因此，必须效法古代先王治国的基本精神，进行变法革新。他强调指出，改革的首要问题是人才问题，必须培养一大批能够进行变法革新的人才，而其关键又在于教育制度的改革。全文以人才问题为中心，以改革法度、培养人才为主要内容，论述的问题极为广泛，表明王安石已经形成了比较完整的改革思想。

王安石的这篇上书，并未能引起在位已久、变得十分平庸的宋仁宗和当朝大臣应有的注目。因此，他在嘉祐五年、六年(1060—1061)又先后上了《拟上殿札子》、《上时政疏》,再次简要地强调和补充《上仁宗皇帝言事书》中提出的关于改革的观点,强调了进行以"大明法度,众建贤才"为主要内容的改革的迫切性。

王安石入京后,于嘉祐四年(1059)五月被任命为直集贤院,嘉祐五年正月又奉命伴送辽国前来祝贺新春的使臣回国。直到这年五月,才正式进入三司任职,为度支判官。三司为北宋主管财政的中央机构,包括盐铁、度支、户部三个部门,其中盐铁负责全国坑冶、茶盐、商税等项收入;度支负责各种财赋收支,并制定规划;户部负责户口、两税等事务。担任度支判官这一职务,使王安石对当时全国的财政状况有了清楚的了解,开始对财政问题进行了系统的思考。

王安石在度支判官任上仅半年,便于嘉祐五年十一月与时为度支员外郎的司马光一起,被任命为同修起居注。嘉祐六年春,他被任命为进士考试的详定官。这年六月,王安石被任命为知制诰,这是一个替皇帝起草文件的重要职位,表明王安石已进入了朝廷近臣之列。

　　嘉祐八年（1063）三月，宋仁宗赵祯病逝，享年54岁。四月，嗣子赵曙即位，是为宋英宗。这年八月，王安石的母亲吴氏在京病逝，享年66岁。吴氏中年守寡，抚育七子三女成长，以勤俭持家，不以进退得失为忧喜。吴氏卒后不久，王安石即解职扶母亲灵柩回金陵丁忧。自从宝元二年（1039）王益卒后，至此已有二十四年了。期间，安石还因长兄安仁卒，扶丧回过金陵。因此，他不由得感叹道："二十四年三往还，一身长在百忧中。"（《句容道中》）这不仅是王安石对家事的总结，也是他对自己走上仕途生涯以来的回顾。

　　在京为官的这一时期，不仅是王安石形成改革思想的重要时期，而且也是他文学创作的丰收期。这一时期，他与欧阳修、梅尧臣等人诗歌唱和，欧、梅的诗歌主张及其风格对他不无影响。同时，他还广泛涉猎唐人诗集。嘉祐五年，他与当时的著名学者宋敏求同为三司判官，从宋氏家藏唐诗百余编中择其精者，编选了《唐百家诗选》20卷，其中初盛唐诗为5卷300首，中晚唐诗15卷800余首，又多为近体诗，从中可以看出王安石诗歌趣味的变化。他这时期的诗，在体裁上从以前的多为古体，转变为古体、近体诗创作并驾齐驱；风格上也从直陈其事、唯意所向，开始渐趋含蓄，往往用比较平婉、含蓄的表达来代替纯然以议论为诗，描写亦更趋精细。这一时期创作的散文虽然不多，但仍保持了以前说理周详、议论风生的特点且又有所发展。而代表这一时期散文成就的，仍应推《上仁宗皇帝言事书》一文。这篇文章长达万言，在结构上安排得井然有序，条分列举，层层递进，前后照应，极富逻辑性。明人茅坤曰："此书凡万余言，而其丝牵绳联，如提百万之兵，而钩考部曲无一不贯。"（《唐宋八大家文钞》）

奉酬永叔见赠①

　　欲传道义心虽壮，强学文章力已穷。他日若能窥孟子②，终身何敢望韩公③。抠衣最出诸生后④，倒屣常倾广坐中⑤。只恐虚名因此得，嘉篇为贶岂宜蒙⑥。

① 永叔：欧阳修（1007—1072），字永叔，号醉翁，晚号六一居士，庐陵（今江西吉安）人。北宋著名文学家。

② 孟子：名轲，字子舆，战国中期思想家、教育家，是儒家学派的代表人物，被认为是孔子学说的继承人。

③ 韩公：韩愈（768—824），字退之，唐代著名思想家、文学家。

④ 抠（kōu）衣：古代的一种礼节，见到尊长时提起衣服的前襟，以示恭敬。见《礼记·曲礼上》。诸生：指弟子。王安石在此自谦为欧阳修的弟子。

⑤ 倒屣（xǐ）：形容匆匆忙忙迎接客人，以致把鞋都穿颠倒了。屣，鞋。《三国志·王粲传》载，蔡邕名重一时，而王粲时年少无闻。蔡邕于宾客盈座时见王粲至，"倒屣迎之"，"一坐尽惊"。这句化用此典，写欧阳修在稠人广众中给王安石以奖掖。

⑥ 嘉篇：美好的诗篇。这里指欧阳修的赠诗。贶（kuàng）：赐与。蒙：受。

　　这首诗写于嘉祐元年（1056），为酬答欧阳修（永叔）的赠诗而作，作者时在京任群牧判官。欧阳修时任翰林学士，是当时主盟文坛的领袖。他对王安石的文章

才识十分欣赏,其《赠王介甫》诗云:

> 翰林风月三千首,吏部文章二百年。老去自怜
> 心尚在,后来谁与子争先? 朱门歌舞争新态,绿绮
> 尘埃拂旧弦。常恨闻名不相识,相逢尊酒盍留连。

王安石在这首答诗中对欧阳修表达了钦敬之情,并表示了自己要以孟轲、韩愈为榜样,"传道义"、"学文章"的决心。而在"传道义"与"学文章"两者中,王安石显然是强调前者,以发扬光大儒家学说为己任,力图达到孟轲的成就;而以余力"学文章",不以达不到韩愈的成就为遗憾。这正反映出王安石置"道义"于"文章"之上的观点。此诗起句傲兀,议论从容,显示了王安石诗的风格特点。

平　山　堂①

城北横岗走翠虬②,一堂高视两三州③。
淮岑日对朱栏出④,江岫云齐碧瓦浮⑤。墟落

耕桑公恺悌⑥，杯觞谈笑客风流⑦。不知岘首
登临处⑧，壮观当时有此不⑨？

① 平山堂：在今江苏扬州市西北瘦西湖北蜀冈上。庆历八年
　（1048）欧阳修任扬州知州时建。因登堂远眺江南诸山，正
　与堂槛平齐，故名。

② 横岗：指蜀冈山，在扬州城北。翠虬：苍翠的虬龙，喻指蜀
　冈上苍翠的松柏。虬，古代传说中的一种龙。

③ 两三州：指可在平山堂凭高远望的扬州、润州（今江苏镇
　江）和真州（今江苏仪征）等地。

④ 淮岑：淮南的小山。淮，扬州时为淮南路的治所。岑，
　小山。

⑤ 江岫（xiù）云：江边山穴中的浮云。岫，山穴。

⑥ 墟落：村落。公：指欧阳修。恺悌：和易近人。

⑦ 觞（shāng）：古代的酒器。

⑧ 岘首：山名，在今湖北襄阳县南。晋代名臣羊祜镇守襄阳
　时，常在此饮酒赋诗，一时传为美谈。

⑨ 不：同“否”。

平山堂是欧阳修知扬州时建的一处名胜，因此，写平山堂往往要写到欧阳修。这首诗也是如此。全诗前半写平山堂的地理环境和登堂所见风光，写出了平山堂宏阔壮观的景象；后半着重写欧阳修平易近人、儒雅风流的气度，颂扬欧阳修的政绩，更引晋代名臣羊祜的故事作映衬，给欧阳修以很高的评价。而这一评价融化在全诗之中，又无突兀之感，表现出王安石评价人物极有分寸感，又很到位。

这首诗作于嘉祐二年（1057）王安石出知常州路经扬州时。当时的扬州知州为著名学者刘敞，他向欧阳修介绍了这首诗，欧阳修特地写信给王安石，说："近得扬州（刘敞）书，言介甫有平山诗，尚未得见，因信幸乞为示。此地在广陵为佳处，得诸公录于文字，甚幸也。"（《与王介甫书》）由此可见欧、王两人当时诗文交往的情形。

桃 源 行①

望夷宫中鹿为马②，秦人半死长城下③。

避时不独商山翁④,亦有桃源种桃者。此来种桃经几春,采花食实枝为薪⑤。儿孙生长与世隔,虽有父子无君臣。渔郎漾舟迷远近,花间相见惊相问⑥。世上那知古有秦,山中岂料今为晋⑦。闻道长安吹战尘⑧,春风回首一沾巾。重华一去宁复得⑨,天下纷纷经几秦?

① 行:古代诗歌的一种体裁,又称"歌行"。

② 望夷宫:秦国宫名,秦朝赵高在此杀秦二世胡亥。鹿为马:史载赵高欲作乱,恐群臣不听,乃指鹿为马,凡言鹿者皆被杀。后以"指鹿为马"比喻有意颠倒黑白,混淆是非。这里用来概指秦国政治的黑暗。

③ 长城:秦始皇统一中国后,为了防御匈奴南侵,乃修筑长城。由于工程浩大,环境艰苦,死了不少人。这里用来指代秦国繁重的劳役。

④ 商山翁:指秦末汉初隐居于商山(在今陕西商县东南)的东园公、甪里先生、绮里季、夏黄公四老人,史称"商山四皓"。这句本自陶渊明《桃花源诗》:"嬴氏乱天纪,贤者避

其世。黄绮之商山，伊人亦云逝。"

⑤ 薪：柴火。

⑥ "渔郎"二句：本自《桃花源记》"晋太元中，武陵人捕鱼为业，缘溪行，忘路之远近，忽逢桃花林"、桃源中人"见渔人，乃大惊，问所从来"诸语。漾舟，泛舟。

⑦ "世上"二句：本自《桃花源记》："问今是何世，乃不知有汉，无论魏晋。"世上，指渔人。山中，指桃源中人。

⑧ 长安：西汉的首都，这里泛指中原故国。吹战尘：指发生战乱。西晋先是有"八王之乱"，随后是外族入侵，终至灭亡。《桃花源记》所写是东晋时事，故此概指西汉末年以及西晋频仍的战乱。

⑨ 重华：即舜，有虞氏，名重华，为传说中上古时代的贤君。宁：岂。

　　自晋末诗人陶渊明作《桃花源记》并诗，描写了桃源这样一个和平、安谧的理想境界之后，历代文人歌咏桃源之事的篇什便层出不穷。王安石的这首诗利用这一传统题材加以发挥，凭着自己的想像，作了一番再创造。全诗一反历来桃源诗以景象描写为主的传统，而主要由议论出之;作者洗削桃源传说的神仙色彩,而着眼于历史的兴亡,展示一个真实存在的人间世界。诗中既表达了对乱世的不满,又道出了对"虽有父子无君臣"的淳朴平等社会的向往,反映出作者致君尧舜的理想,充分体现了政治家的诗作的特点。

这首诗作于嘉祐初年。当时作者与梅尧臣唱和颇多。梅尧臣时作有《桃花源诗》,本诗可能为同时之作。

明妃曲二首①

明妃初出汉宫时,泪湿春风鬓脚垂②。低徊顾影无颜色③,尚得君王不自持④。归来却怪丹青手⑤,入眼平生未曾有⑥。意态由来画不成,当时枉杀毛延寿⑦。一去心知更不归,可怜着尽汉宫衣⑧。寄声欲问塞南事,只有年年鸿雁飞⑨。家人万里传消息,好在毡城莫相忆⑩。君不见咫尺长门闭阿娇⑪,人生失意无南北⑫。

　　明妃初嫁与胡儿⑬,毡车百两皆胡姬⑭。含情欲说独无处,传与琵琶心自知。黄金捍拨春风手⑮,弹看飞鸿劝胡酒⑯。汉宫侍女暗垂泪,沙上行人却回首。汉恩自浅胡自深,人生乐在相知心。可怜青冢已芜没⑰,尚有哀弦留至今。

① 明妃:即王昭君,汉南郡秭归(今湖北秭归)人,名嫱,字昭君。汉元帝宫妃。晋时避晋文帝司马昭讳改称明君,后人又称明妃。她入宫数年,一直不得召见,匈奴首领呼韩邪单于入朝求和亲,自请远嫁。

② 春风:指昭君姣美的脸庞,语本杜甫《咏怀古迹》之三:"画图省识春风面。"

③ 低徊:徘徊。顾影:看着自己的影子。顾,回视。无颜色:脸上失色,面容惨淡。

④ 尚:还,仍然。君王:指汉元帝刘奭(shì),公元前48—前33年在位。不自持:不能自我克制。

⑤ 丹青手：指当时的宫廷画师。丹、青，是中国古代绘画常用的颜色，后作为画的代称。据记载，汉元帝后宫嫔妃很多，不能常见，就叫画师画像，看图召见。于是宫人多贿赂画师，王昭君不肯贿赂，所以一直未被召见。后来匈奴单于入朝求和亲，元帝看图叫昭君前去，发现她才色为后宫第一，非常悔恨。

⑥ "入眼"句：意谓像昭君这样的美貌生平从未见过。

⑦ 枉杀：冤杀。毛延寿：汉元帝的宫廷画师之一。据记载，汉元帝悔恨昭君出塞，便把宫廷里的画师全杀了，毛延寿也在其列。

⑧ 更：再。汉宫衣：汉朝宫中的衣服。

⑨ 寄声：寄个口信。塞南：边塞之南，指汉朝统治的地区。

⑩ 毡城：古代匈奴族人住在毡帐之中，故称毡城。

⑪ 咫(zhǐ)尺：比喻距离很近。周代八寸为咫。长门：汉朝宫名。阿娇：汉武帝陈皇后的小名。陈皇后失宠后被幽禁在长门宫。

⑫ 南北：匈奴地处汉朝北方地域，故称。

⑬ 胡儿：指匈奴首领呼韩邪单于。

⑭ 毡车：指匈奴人的迎亲车。两：辆。胡姬：指匈奴族女子。

⑮ 黄金捍拨:用黄金涂饰的琵琶拨子。

⑯ 弹看:边弹边看。劝:勉强而饮的意思。

⑰ 青冢:指昭君墓,在今内蒙古呼和浩特市南,相传因墓上草色四季常青而名。芜没:荒芜埋没。

昭君出塞,是历代文人常用来抒发情怀的题材。前人咏昭君出塞诗,不是把昭君的悲剧命运归咎于画工毛延寿对昭君形象的丑化,就是描写昭君在绝塞孤苦零丁的遭遇。而王安石的这两首诗却自出新意,一反前人旧说;把此事的起因直接归咎于平庸无能的汉元帝,含蓄地指责了封建统治者刚愎、愚昧和对人才的埋没、扼杀,"人生失意无南北"一句力重千钧,借昭君家人之口抒发了作者的人生感慨;同时,作者又一改昭君出塞题材中的悲哀形象,强调"汉恩自浅胡自深,人生乐在相知心。"近人陈衍评曰:"'汉恩'二句,即'与我善者为善人'意,本普通公理,说得太露耳。二诗荆公自己写照之最显者。"(《宋诗精华录》)只有作为一个政治家的王安石,才能写出这样大胆的、甚至有悖于传统诗教的诗句。两诗一气直下,情节连贯,第一首主要描写明妃离汉宫时的情形,第二首主要描写明妃在塞外的遭遇,描写和议论紧密结合。两诗不仅命意新警,而且声情激楚,哀婉动人,在艺术上取得了很高的成就。这两首诗在当时传诵一时,影响很大,王安石的师友欧阳修、司马光等都有和诗。

王逢原墓志铭①

呜呼! 道之不明邪②,岂特教之不至也,士亦有罪焉。呜呼! 道之不行邪,岂特化之不至也③,士亦有罪焉。盖无常产而有常心者,古之所谓士也④。士诚有常心,以操圣人之说而力行之,则道虽不明乎天下,必明乎己;道虽不行于天下,必行于妻子⑤。内有以明于己,外有以行于妻子,则其言行必不孤立于天下矣。此孔子、孟子、伯夷、柳下惠、扬雄之徒⑥所以有功于世也。

呜呼！以予之昏弱不肖⑦，固亦士之有罪者，而得友焉。余友字逢原，讳令，姓王氏，广陵人也。始予爱其文章，而得其所以言；中予爱其节行，而得其所以行；卒予得其所以言，浩浩乎其将沿而不穷也⑧。得其所以行，超超乎其将追而不至也⑨。于是慨然叹以为可以任世之重而有功于天下者，将在于此，余将友之而不得也。呜呼！今弃余而死矣，悲夫！

逢原，左武卫大将军讳奉谭之曾孙，大理评事讳琪之孙，而郑州管城县主簿讳世伦之子。五岁而孤，二十八而卒。卒之九十三日，嘉祐四年九月丙申⑩，葬于常州武进县南乡薛村之原⑪。夫人吴氏，亦有贤行，于是方娠也⑫，未知其子之男女。铭曰：

寿胡不多⑬？天实尔啬⑭。曰天不相⑮，胡厚尔德？厚也培之⑯，啬也推之⑰。乐以不罢⑱，不怨以疑。呜呼天民⑲，将在于兹⑳！

① 王逢原：王令（1032—1059），字逢原，广陵（今江苏扬州）人，北宋诗人。

② 道：道义，这里指儒家的政治思想。邪：语气词，同"也"。

③ 化：教化。

④ "盖无常产"二句：语出《孟子·梁惠王上》："无恒产而有恒心者，惟士为能。"恒产，固定的产业。恒，常。

⑤ 妻子：妻和子女。

⑥ 伯夷：商孤竹君之子，因不愿接受叔齐的让位，两人都隐居首阳山，并因耻食周粟而饿死。柳下惠：即展禽，春秋时鲁国大夫。展氏，名获，字禽，食邑在柳下，谥惠，以善于讲究贵族礼节著称。

⑦ 昏弱：愚昧软弱。

⑧ 浩浩乎：水势浩瀚广大的样子。沿：顺。

⑨ 超超乎：遥远的样子。

⑩ 嘉祐四年：1059 年。

⑪ 常州武进县：今属江苏。

⑫ 娠（shēn）：指怀孕。

⑬ 胡：何，何故。

⑭ 啬：吝啬。

⑮ 相：辅助。

⑯ 厚：指上文所说上天厚赐的品德。培：栽培。

⑰ 啬：指上文所说上天吝啬给予的年寿。推：推重，推扬。

⑱ 罢：通"疲"。

⑲ 天民：指先知先觉的人。

⑳ 将：还是，抑或。兹：这里。

本文是王安石为悼念友人王令而作的一篇墓志铭，写于嘉祐四年（1059）。

王令之所以能为世人所知，其过人的才华不致被埋没，正是因为有王安石的发现以及王安石的大力揄扬。王安石把王令引为道义之交，对他寄予了很大的期望。可惜，王令才二十八岁就因病去世。王安石深为他的早逝而感惋惜和悲痛，先后写了挽辞和墓志铭，寄托自己的哀思。

本文以强烈的感叹和大段的议论开篇，首先提出了

"无常产而有常心者，古之所谓士也"这样一个标准，认为"道之不明"、"道之不行"的症结在"士之有罪"，士的标准应该是孔子、孟子、伯夷、柳下惠、扬雄这类"有功于世"的人物。随后，文章顺势引出王令，回顾了自己与王令的交往过程，对王令的文章、节行作了高度评价，表达了自己痛失知音的感情，从而照应前文，认为王令是"可以任世之重而有功于天下者"，即是和孔、孟等"古之所谓士"相提并论的人物。至此，文章才按常例叙述了王令的身世及丧葬等情况。最后的铭文又以强烈的感叹收束全文，再次表达了作者对王令的悼念之情。

本文与王安石写的不少墓志铭一样，以议论行之。这种写法虽然也有王令身世简单、无仕历可述等原因，但并非仅如明人茅坤所说的"通篇无事迹，独以虚景相感慨"（《唐宋八大家文钞》）。文中回顾作者和王令的交往，充满深情；而对士之标准的议论，不仅是对王令的表彰，更表达了作者对士风的评价，因此作者自认为"此于平生作铭，最为无愧"（《与崔伯易书》）。王安石给予王令这样一个布衣终生的青年诗人如此厚爱，也足见他对世俗的地位名声不屑一顾和渴求知音、奖掖后进的热忱。

示 长 安 君①

少年离别意非轻,老去相逢亦怆情②。草草杯盘供笑语③,昏昏灯火话平生④。自怜湖海三年隔,又作尘沙万里行⑤。欲问后期何日是,寄书应见雁南征⑥。

① 长安君:王安石的大妹王文淑,为尚书比部郎中张奎之妻,封长安县君。县君,唐宋时对五品官员之母或妻的一种封号。

② 怆情:伤悲,伤感。

③ 草草:随便准备的,简单的。杯盘:指酒菜。

④ 昏昏:阴暗昏黑。指夜深人静。

⑤ 尘沙万里行:指作者出使辽国。因辽国在今河北、山西北部直至大漠以北之地,多风沙,故云。

⑥ 书:信。南征:南行,南飞。

离别是人生一大伤心事。少年时期重感情,易冲动,一旦分离就不免心情沉重;而人过中年,想到来日无多,即使相逢也觉伤情,何况是离别呢?嘉祐五年(1060)正月,王安石在伴送辽国使臣回国前,写给大妹王文淑的这首诗,就抒发了这种"相见时难别亦难"的感情。这首诗不事藻饰,不用典故,在朴素的描写中传达出一段真切感人的情愫。其中对句的运用尤见灵动变化,看似即景生情、信手拈来之句,实是精心结撰之作,是王安石七律中的名篇。

永济道中寄诸舅弟①

灯火匆匆出馆陶②,回看永济日初高。似闻空舍乌鸢乐③,更觉荒陂人马劳④。客路光阴直弃置,春风边塞只萧骚⑤。辛夷树下乌塘尾⑥,把手何时得汝曹⑦。

① 永济:古县名,以西滨永济渠得名。治所在今山东冠县北。

② 馆陶:县名,在河北省南部,邻接山东省。

③ 鸢(yuān):老鹰。

④ 陂(bēi):山坡。

⑤ 萧骚:萧条凄凉。

⑥ 辛夷:一种落叶乔木,花大,白色。花初开时苞长半寸,形似笔头,又名木笔。乌塘:在王安石母家金溪县(今属江西)乌石冈。

⑦ 汝曹:你等,指作者的表弟们。

嘉祐五年(1060)春,王安石奉命伴送辽国贺正旦使回国。他从汴京出发,经澶州、馆陶、永济、临清等地,一路崎岖,经过十八天的旅程,最后到达当时宋与辽的分界地涿州,然后还京。在出使往返途中,王安石写了三四十首诗,后来还将其编为《伴送北朝人使诗》。这首诗就是其中的一首,作于永济道中,是他寄给金溪舅家表弟们的。王安石在这首诗中简要地叙述了自己旅途劳顿的情况,描写了边塞萧条凄凉的景象,抒发了自己思念故乡和亲人的感情。尾联两句感慨深挚,充满真情。乡情、亲情,对于游子来说,是永远解不开的结,王安石也是如此。

白 沟 行①

白沟河边蕃塞地②,送迎蕃使年年事③。蕃马常来射狐兔④,汉兵不道传烽燧⑤。万里鉏耰接塞垣⑥,幽燕桑叶暗川原⑦。棘门、灞上徒儿戏⑧,李牧、廉颇莫更论⑨。

① 白沟:故治在今河北省白沟河与南拒马河汇合地白沟河镇。当时是北宋和辽的分界处,河阔才一丈多,浅狭易渡。

② 蕃(fān):通"番"。古代汉族对外族的通称,这里指契丹族建立的辽国。

③ 送迎蕃使:宋真宗景德元年(1004),宋、辽订立"澶渊之盟",划定白沟河为界,北宋每年要向辽交纳大量银绢作为"岁币",两国通使往来,故诗中云"年年事"。

④ 蕃马:指辽国骑兵。射狐兔:指射猎。这句写辽国军队常

来汉地侵扰。

⑤ 不道：不认为有必要。烽燧：即烽火，边防报警的信号。这句写北宋军队的轻敌麻痹。

⑥ 鉬櫌(yōu)：两种农具，这里指代耕田。鉬，同锄。櫌，一种平整土地的农具，形如锄头。塞垣(yuán)：边墙。垣，墙。

⑦ 幽燕：指今河北北部及辽宁一带。唐以前属幽州，战国时属燕国，故名幽燕。当时沦为辽国统治区域。这里指辽国的南境。暗：遮蔽。

⑧ 棘门、灞(bà)上：均为古地名。据《史记·绛侯周勃世家》载，汉文帝有一次去慰劳防备匈奴的军队，到棘门、灞上驻地，都是直驰而入；而到了周亚夫驻军的细柳，却是军容整肃，戒备森严，连皇帝也不得擅自进入。文帝感叹道："此真将军矣！曩者霸上、棘门军，若儿戏耳。"

⑨ 李牧、廉颇：战国时赵国的两位名将。李牧曾大破匈奴，使匈奴人十多年不敢犯边。廉颇曾拒秦军，破燕军，战功卓著。白沟古时属赵国，故作者以此两人作比。

　　这是王安石伴送辽使北归途中，经过当时北宋与辽的分界处白沟,写下的一首七律。作者了解到当时边境两边辽国军队常来汉地侵扰而北宋军队却轻敌麻痹的情况;目睹了宋朝边疆一望万里,都是无险可守的农田,而辽国地区桑林密布,遮蔽着河川原野的现状。这一强烈的反差给作者以很大的震撼,诗中以南北边境地区的情况作对比,揭示出了宋朝边防松懈、无险可守,而辽国则深不可测、暗伏杀机的严峻现实。作者抚今思昔,感叹宋朝驻守边境的将官将边防当作儿戏,只是棘门、灞上那样的无能之辈,更不用说像李牧、廉颇那样的名将了。全诗表现了作者对当时普遍存在的武备废弛、边将所任非人和轻敌麻痹的现象的深深忧虑,并暗寓了他对当时北宋王朝对辽委屈求和的政策的不满。

涿　　州①

涿州沙上望桑乾②,鞍马春风特地寒③。
万里如今持汉节④,却寻此路使呼韩⑤。

① 涿州:今属河北。

② 桑乾:桑乾河,在今河北省西北部和山西省北部,涿州在其南。

③ 特地:特别。

④ 持汉节:西汉苏武奉命出使匈奴,被扣留十九年,历尽艰难,矢志不屈。匈奴把他迁到北海(今贝加尔湖)边牧羊,他"杖汉节牧羊,卧起操持,节旄尽落"(《汉书·苏武传》)。后终得归汉。节,符节,古代使者所持以作凭证。

⑤ 呼韩:呼韩邪,汉代匈奴单于的名号,这里借指契丹。

王安石使辽,行至涿州而还。这首七绝就是他至涿州时所作。诗的前两句写出了涿州所处的地理环境,点出了时令特征。后两句以汉代坚持节操、不辱使命的苏武自励,表达自己坚持民族气节的决心。两句均引用汉人故事,符合作者的身份和场景,用事而不使人觉,又十分恰切,充分说明了作者对史实的熟谙和善于用典的造诣。

出　塞^①

涿州沙上饮盘桓^②,看舞春风小契丹。塞

雨巧催燕泪落,濛濛吹湿汉衣冠^③。

① 塞:指北宋与辽交界处的边塞。

② 盘桓:徘徊,逗留。

③ 濛濛:细雨迷蒙貌。汉衣冠:指汉族士绅,即作者一行。

　衣冠,古代士以上戴冠,衣冠连称,是士以上的服装。

　　这首七绝也是王安石在涿州所作。诗的前两句描
写了契丹风情,作者在主人安排的宴饮之后,观赏契丹
族的青少年在春风中舞蹈。后两句切合当时情景,写边
塞的细雨打在燕子身上,仿佛是燕子在为思念南方故乡
而落泪,又吹湿了作者一行的衣冠。燕子尚且思念故
土,人更应如此。作者的想象奇特,联想丰富,充分表现
了他的思乡之情。

入　　塞

荒云凉雨水悠悠[①]，鞍马东西鼓吹休[②]。
尚有燕人数行泪[③]，回身却望塞南流[④]。

① 荒云凉雨：即荒凉的云雨。

② 鼓吹：指礼送使者时乐队奏的乐声。休：停止。

③ 燕人：燕地居民。燕，周代古国名，地域在今河北北部和辽
宁西端，后世称此为燕地。这里指被辽国占据的北方
土地。

④ 塞南：边塞以南，指中原故国。

　　这是王安石伴送辽使北归，在途中写的一首七绝。
前两句描写两国官员至边塞分手，各奔东西时，因使者
已过境，所以奏乐也停止了的情景；后两句却异峰突起，
捕捉到燕地居民远望故国流下热泪的动人一刻，反映了
燕地人民渴望回归祖国的心情。短短两句中包蕴着如
此深刻的现实内涵，是这首诗的胜处所在。

度支副使厅壁题名记①

三司副使，不书前人名姓。嘉祐五年②，尚书户部员外郎吕君冲之③，始稽之众史④，而自李纮已上至查道⑤，得其名；自杨偕以上⑥，得其官；自郭劝已下⑦，又得其在事之岁时。于是书石而镵之东壁⑧。

夫合天下之众者财⑨，理天下之财者法，守天下之法者吏也。吏不良，则有法而莫守；法不善，则有财而莫理。有财而莫理，则阡陌闾巷之贱人⑩，皆能私取予之势⑪，擅万物之利⑫，以与人主争黔首⑬，而放其无穷之欲，非必贵强桀大而后能⑭。如是而天子犹为不失其民者，盖特号而已耳⑮。虽欲食蔬衣弊⑯，憔悴其身⑰，愁思其心，以幸天下之给足⑱，而安吾政，吾知其犹不得也。然则善吾法，而择吏以守之，以理天下之财，虽上古尧、舜，犹不能毋以此为先急[19]，而况于后世之纷纷乎[20]？

三司副使，方今之大吏，朝廷所以尊宠之甚备[21]。盖今理财之法，有不善者，其势皆得以议于上而改为之[22]。非特当守成法，吝出入[23]，以从有司之事而已[24]。其职事如此，则其人之贤不肖，利害施于天下如何也！观其人，以其在事之岁时，以求其政事之见于今者，而考其所以佐上理财之方[25]，则其人之贤不肖，与世之治否，吾可以坐而得矣[26]。此盖吕君之志也[27]。

① 度支副使：即三司度支副使。宋真宗咸平六年（1003）起，在各部设副使一人，主管各部门事务。

② 嘉祐五年：公元1060年。

③ 吕君：指吕景初，字冲之，开封酸枣（今河南延津）人。以户部员外郎兼侍御史知杂事，判都水监，改度支副使。

④ 稽：考察。之：代词，这里指历任三司副使的姓名。众史：指宋代开国以来有关三司的资料文献。

⑤ 李纮（hóng）：字仲纲，宋州楚邱（今河南滑县东）人。历梓

州、陕西、河北路转运使,迁侍御史知杂事,为三司度支副使。查(zhā)道:字湛然,歙州休宁(今属安徽)人。咸平四年(1001)举贤良方正之士,授右正言,直史馆,不久出为西京转运使。六年(1003),三司使分部置副,被召入授工部员外郎,充任度支副使。

⑥ 杨偕:字次公,坊州中部(今属陕西)人。以尚书户部员外郎兼侍御史知杂事,判吏部流内铨,改三司度支副使。

⑦ 郭劝:字仲褒,郓州须城(今山东东平)人。据《续资治通鉴长编》卷一一五载,景祐元年(1034)冬十月,他以兵部员外郎兼起居舍人的官职出使西夏。回国后兼侍御史知杂事,权判流内铨,迁工部郎中、度支副使。

⑧ 镌:刻。

⑨ "合天下"句:意思是统领天下的百姓要靠财力。合,聚集。

⑩ 阡陌:田间小路。东西叫阡,南北叫陌。这里泛指乡村。闾巷:街巷。这里泛指城镇。闾,古代巷口的门。贱人:身份低的人。这里指乡村兼并土地的大地主和城镇操纵市场的投机商人。

⑪ 私:占有,垄断。取予之势:指操纵财货的权力。取,买进或收进。予,卖出或散出。

⑫ 擅：独占，专有。万物：指天下一切货物、土地等。

⑬ 人主：指皇帝。黔（qián）首：战国及秦代对人民的称谓，后以此指百姓。

⑭ 贵强桀（jié）大：指贵族、豪强、有势力的人，与"贱人"相对而言。

⑮ "如是"二句：意谓如果这样发展下去，即使皇帝还没有失去对老百姓的统治，也不过徒有空名罢了。特，只，不过。号，称号。

⑯ 衣敝：穿破衣服。衣，穿衣，这里作动词用。

⑰ 憔悴：形容困顿萎靡的样子。

⑱ 幸：希望。

⑲ 先急：当务之急。

⑳ 纷纷：纷乱，扰攘。形容时局混乱。

㉑ 尊宠：尊奉优待。其备：十分周到。

㉒ "有不善者"二句：意思是有不完善的地方，按照他们的职权都能向皇上建议而加以改革。势，地位，权力。上，指皇帝。

㉓ 吝：吝惜，引申为紧缩。

㉔ 从有司之事：指按照各有关部门的职责办事务性的工作。

㉕考：考查。方：方法。

㉖坐而得矣：不用奔走就可以知道。形容了解十分容易。

㉗盖：大概。

　　本文作于嘉祐五年（1060）五月。当时，王安石进入北宋中央财政机构三司任度支判官，应三司副使吕景初的要求，他写下了这篇文章。

　　王安石在本文中，又着重阐述了整理财政的重要性。文章开头先简括地叙述了"厅壁题名"的大概，接着就借度支之题展开议论，直抒己见。作者论述了财、法、吏三者之间的关系，即"合天下之众者财，理天下之财者法，守天下之法者吏"，鉴于当时地主、富商、豪民的兼并活动对国家财政经济的严重危害，作者主张对此应完善法制，选用有才能的官吏来理财，即"善吾法而择吏以守之，以理天下之财"。这是全文的中心。文章最后借吕君之口说明写作本文的目的，强调了三司副使职务的重要性，其理财之所作所为关系到"世之治否"，从而又回到"厅壁题名"上来，使上述意见得到归结，照应前面两段,又点明了厅壁题名的用意,突出了文章的主旨。

作为一篇记叙文,本文与以叙述、描写为主的传统的记叙文不同,偏于议论,除了第一段外,几乎都以议论行之。因此,虽名为记,其实不妨看作是一篇精练扼要的说理文。这也是王安石不少记叙文的共同倾向。本文的特点还在于能灵活地组织材料,能放能收,有详有略。文章立论明确,论证严密,环环紧扣,笔力豪悍。以致明人茅坤赞道:"何等识见,何等笔力!"(《唐宋八大家文钞》)

思王逢原三首(选一)

蓬蒿今日想纷披①,冢上秋风又一吹②。妙质不为平世得③,微言唯有故人知④。庐山南堕当书案⑤,湓水东来入酒卮⑥。陈迹可怜随手尽⑦,欲欢无复似当时。

① 蓬蒿：指墓地上的野草。纷披：散乱的样子。

② 冢(zhǒng)：坟墓。《礼记·檀弓》："朋友之墓，有宿草而不哭焉。"意谓一年以后对于亡友可以不再哀伤哭泣了。宿草，就是隔年的草，后世也就成为专指友人丧逝的用语。这两句诗化用这个典故，暗喻亡友虽已逝一年，而自己犹未能忘怀。

③ 妙质：优秀的资质。平世：旧指清平之世，这里指当世。

④ 微言：指精辟深刻的言论。

⑤ 庐山：在江西九江南。嘉祐三年(1058)，王安石在鄱阳任提点江东刑狱，曾邀王令前去聚会。

⑥ 溢(pén)水：源出江西瑞昌清溢山，东流经九江城下。酒卮(zhī)：古代盛酒的器皿。

⑦ 陈迹：旧事。随手：随着，紧接着。

　　王令字逢原，是北宋中期一位才华横溢的青年诗人，生活贫困却不愿仕进，年仅二十八岁就不幸病逝。王安石对王令的才华和品行十分赏识，对他的早逝深感悲痛和惋惜，先后写了挽词和墓志铭，寄托自己的哀思。嘉祐五年(1060)秋，即王令卒后一年，王安石又写了三首怀念他的诗,这是其中的第二首。诗的首联用想象之笔描绘了凄凉的墓地场面,颔联由墓地联想到长眠地下的故友;颈联追忆当年一起读书饮酒时的情景,写出了王令当年豪迈的气概,欲把庐山作书案,溢水当佳酿;由此引出尾联无限的今昔之感。全诗一气贯注,读来如对故友倾诉衷肠。短短八句中,熔写景、议论、回忆和感叹于一炉,表达了王安石对故友的深切思念,对人生知己难遇的怅恨,和对天不怜才的悲愤,意蕴丰富,真挚感人。

试 院 五 绝（选一）

少时操笔坐中庭,子墨文章颇自轻^①。圣世选才终用赋^②,白头来此试诸生。

① 子墨文章,指辞赋一类讲究词藻的文章。典出汉代扬雄《长杨赋》,赋设子墨客卿与翰林主人两人,以宾主问答敷衍成文。

② 圣世：指当时。

嘉祐六年（1061）春，北宋朝廷又举行进士考试，王安石被任命为详定官。这组诗就是他在试院中所作，这是其中的一首，一题《试院中》。王安石在诗中回忆起自己少年时在家中操笔作赋的情景，他对这类作"敲门砖"用的文章一向是看不起的。而今自己由昔日的考生成为考官，而考试的内容仍旧是赋一类不切实际的文章，不由感慨万端。诗虽短短四句，但内容十分丰富，"圣世"一句就蕴含了他对当时这种选才方法的不满，这也是王安石一贯的主张。

详定试卷二首（选一）

童子常夸作赋工，暮年羞悔有扬雄①。当时赐帛倡优等②，今日论才将相中③。细甚客卿因笔墨④，卑于《尔雅》注鱼虫⑤。汉家故事真当改⑥，新咏知君胜弱翁⑦。

① 扬雄(前53—18):字子云,蜀郡成都(今属四川)人,西汉
　著名文学家。早年所作《甘泉赋》、《长杨赋》等甚有名,晚
　年对此颇有悔意,有"童子雕虫篆刻,壮夫不为"之语。

② 赐帛:指皇帝的赏赐。《汉书·王褒传》载,西汉王褒因善
　作赋而蒙汉宣帝赐帛。帛,丝织品的总称。倡优:古代以
　乐舞戏谑为业的艺人,社会地位十分低下,也称俳优。《汉
　书·枚皋传》载,枚皋善作赋而未得汉武帝重用,发牢骚
　说:"为赋乃俳,见视如倡。"等:等同。

③ 论才:指考核、选拔人才。将相:泛指大官。唐人重进士
　试,宰相之类大官多由进士出身的人担任。北宋情况亦
　相似。

④ 细:微小。甚:甚于。客卿因笔墨:指扬雄写的《长杨
　赋》。这篇作品以翰林(笔)为主人,以子墨(墨)为客卿,
　以笔、墨两者对答成文。

⑤ 卑:低下。《尔雅》:西汉儒者编成的我国第一部有系统的
　解释字词意义的训诂书,其中有"释鱼"、"释虫"两类。

⑥ 汉家故事:汉朝传统的制度和做法。这里借指当时以诗赋
　取士的科举制度。

⑦ 君:指杨畋(tián),他当时亦任详定官,与王安石有诗唱

和。弱翁：魏相，字弱翁，汉宣帝时为丞相。《汉书·魏相传》载，他"好观汉故事"，认为"方今务在奉行故事而已"。这两句的意思是：以诗赋取士的传统制度真应当改革；读了您新作的诗篇，知道您的见解比魏相要高明。

北宋科举以诗赋取士，阅卷官员分初考、复考、详定三级。详定试卷，就是评阅试卷，审定等第。王安石担任了嘉祐六年考试的详定官，这两首诗就作于阅卷期间，这是其中的第二首。王安石在这首诗中首先引扬雄暮年悔作辞赋的故事，显然是以扬雄自比，对自己早年不得不以诗赋入仕感到羞悔；然后以古今作对比，认为汉代时作赋不过得到皇帝一点赏赐，地位与倡优相等，而如今却要以此选拔作将相的人才。王安石对这种考试方法极为鄙视，认为这还不如为《尔雅》做注释，因此他主张改革科举制度。这一设想在他日后执政时得到了实现。诗中"细甚"、"卑于"一联，句法兼用省略、倒置等修辞手法，尤拗峭有味。

上 时 政 疏

年月日，具位臣某昧死再拜上疏尊号皇帝陛下①：臣窃观自古人主享国日久②，无至诚恻怛忧天下之心③，虽无暴政虐刑加于百姓④，而天下未尝不乱。自秦已下，享国日久者，有晋之武帝、梁之武帝、唐之明皇⑤。此三帝者，皆聪明智略有功之主也。享国日久，内外无患，因循苟且⑥，无至诚恻怛忧天下之心，趋过目前⑦，而不为久远之计，自以祸灾可以无及其身，往往身遇灾祸，而悔无所及。虽或仅得身免，而宗庙固已毁辱⑧，而妻子固以困穷，天下之民，固以膏血涂草野⑨，而生者不能自脱于困饿劫束之患矣⑩。夫为人子孙，使其宗庙毁辱；为人父母，使其比屋死亡⑪，此岂仁孝之主所宜忍者乎？然而晋、梁、唐之三帝，以晏然致此者⑫，自以为其祸灾可以不至于此，而不自知忽然已至也。

盖夫天下至大器也[13],非大明法度,不足以维持;非众建贤才,不足以保守。苟无至诚恻怛忧天下之心,则不能询考贤才[14],讲求法度。贤才不用,法度不修,偷假岁月[15],则幸或可以无他,旷日持久[16],则未尝不终于大乱。

伏惟皇帝陛下,有恭俭之德,有聪明睿智之才,有仁民爱物之意,然享国日久矣,此诚当恻怛忧天下,而以晋、梁、唐三帝为戒之时。以臣所见,方今朝廷之位,未可谓能得贤才;政事所施,未可谓能合法度。官乱于上,民贫于下;风俗日以薄[17],才力日以困穷[18];而陛下高居深拱[19],未尝有询考讲求之意。此臣所以窃为陛下计,而不能无慨然者也[20]。

夫因循苟且,逸豫而无为[21],可以侥幸一时[22],而不可以旷日持久。晋、梁、唐三帝者,不知虑此,故灾稔祸变[23],生于一时,则虽欲复询考讲求以自救，而已无所及矣！以古准今㉔，则天下安危治乱，尚可以有为。有为之时，莫急于今日。过今日，则臣恐亦有无所及之悔矣。然则以至诚询考而众建贤才，以至诚讲求而大明法度，陛下今日其可以不汲汲乎㉕？《书》曰："若药不瞑眩，厥疾弗瘳㉖。"臣愿陛下以终身之狼疾为忧㉗，而不以一日之瞑眩为苦。

臣既蒙陛下采擢㉘，使备从官㉙，朝廷治乱安危，臣实预其荣辱㉚，此臣所以不敢避进越之罪㉛，而忘尽规之义㉜。伏惟陛下深思臣言，以自警戒，则天下幸甚！

① 具位臣：谓备位充数之臣。这是唐宋以后，官吏在公文底稿上或文集里对自己官职等的简写。昧死：冒死。古时臣下上书多用此语，以示敬畏。尊号皇帝：这里指宋仁宗。尊号，尊崇皇帝、皇后的称号。宋仁宗在天圣二年（1024）、明道二年（1033）、景祐二年（1035）等先后上尊号。因为皇帝皇后的尊号往往很长，所以这里是省称。

② 享国：享有其国，指帝王在位。

③ 恻怛：忧伤、悲痛，也作同情、哀怜讲。

④ 虐刑：残暴的刑罚。虐，残暴。

⑤ 晋武帝：即司马炎（236—290），晋朝的建立者，公元265—
　290年在位。在位时，规定按官品高低占田，并允许依官品
　荫庇亲属和占有佃客等，不纳赋税，加强了门阀制度。又
　大封宗室，形成其后皇室内讧的根源。生活荒淫。死后不
　久，全国就重又陷入分裂混战的局面。梁武帝：即萧衍
　（464—549），南朝梁的建立者，公元502—549年在位。即
　位后，重用士族，残酷剥削农民，多次镇压农民起义。又崇
　信佛教，大建寺院。中大同二年（547），他接受东魏大将侯
　景的归降。后二年，侯景引兵渡江，发动叛乱，攻破都城，
　他饥病而死。唐明皇：即唐玄宗李隆基（685—762），公元
　712—756年在位。因谥号为至道大圣大明孝皇帝，故称唐
　明皇。即位后，初期先后任用姚崇、宋璟为相，改革弊政，
　社会经济继续有所发展，被史家誉为“开元之治”。后期任
　用李林甫、杨国忠等执政，官吏贪渎，政治腐败。又爱好声
　色，奢侈荒淫。同时，由于府兵制遭破坏，京师和中原地区
　武备空虚，西北和北方各镇节度使掌握重兵，天宝十四载

（755）爆发了安史之乱。次年，他逃往四川，太子李亨（肃宗）即位，尊他为太上皇。至德二载末（758）回长安，后抑郁而死。

⑥ 因循：照旧不改。苟且：只图目前，得过且过。

⑦ 趍过：度过。趍，行。

⑧ 宗庙：古代帝王祭祀祖先之处。也作为古代王室的代称，意即国家。

⑨ 膏血：即指人体的脂肪、血液。涂：染污。草野：即乡野。

⑩ 劫束：劫掠、束缚。

⑪ 比屋：指家家户户。比，相连。

⑫ 晏然：安逸的样子。

⑬ 大器：指重要宝贵的东西，这里喻指国家。

⑭ 询考：考核。

⑮ 偷假：苟延。偷，苟且。

⑯ 旷日持久：空废时日，拖延很久。

⑰ 薄：浇薄，不厚道。

⑱ 才：通"财"。

⑲ 深拱：深居宫中，拱手不动。指不理政事。

⑳ 慨然：感慨叹息的样子。

㉑ 逸豫：安乐。

㉒ 侥幸：偶然获得意外的利益或免去不幸。也指希望获得意外成功。

㉓ 灾稔(rěn)：灾难酝酿成熟。稔，本指庄稼成熟。

㉔ 准：衡量。

㉕ 汲汲乎：心情急切的样子。

㉖ "若药"二句：语出《书·说命上》，意谓假使吃了药后，药性不发作，心里不难受，那么他的疾病就不会痊愈。瞑(miàn)眩，指药性发作时心里难受的感觉。厥，代词，犹"其"。瘳(chōu)，病愈。

㉗ 狼疾：语出《孟子·告子上》："养其一指而失其肩背而不知也，则为狼疾人也。"意谓只知养小(一指)，不知养大(肩背)，是医生中的昏乱者。狼疾，犹"狼藉"，昏乱之意。

㉘ 采擢：选拔任用。

㉙ 从官：古时皇帝的侍从官吏。当时王安石任知制诰，属侍从官。

㉚ 预：参与。

㉛ 进越：超越权限。

㉜ 义：义务，责任。

本文写于宋仁宗嘉祐六年（1061）。这年六月，王安石被任命为知制诰，替皇帝起草文书。作为中央政府官员，王安石把自己的前途与国家的命运联系在一起，为它的兴衰而担忧。两年前，他在《上仁宗皇帝言事书》里提出了自己关于改革的系统主张，然而并未引起已经变得平庸而无所作为的宋仁宗和当朝大臣应有的注意。因此，王安石在嘉祐五年、六年又分别写了《拟上殿札子》和《上时政疏》两个奏章，再次强调和补充《上仁宗皇帝言事书》中提出的观点。

《上仁宗皇帝言事书》系统地提出了变法的根本要求和具体措施，而本文则从总结历史的经验教训出发，着重论述变法革新的迫切性。文章首先引述晋武帝司马炎、梁武帝萧衍、唐明皇李隆基这三个历史上的著名君主在位时发生危机甚至丧失政权的历史事例，并加以分析，从而得出因循守旧必然招致危亡的结论。接着，作者借古鉴今，将当时宋仁宗统治下的宋代社会情况与晋、梁、唐三帝的时代加以比较，揭露了当时在太平假象掩盖下的严重政治危机，给当时在位已近四十年的宋仁宗敲了警钟。由此,文章最后再次强调了进行以"大明法度,众建贤才"为主要内容的改革的迫切性。

本文"以古准今",议论尖锐,感情激越,充分表现出王安石对北宋王朝命运的深切忧虑和要求改革的急切心情。在写作手法上,如果说《上仁宗皇帝言事书》写得井然有序、富有逻辑性的话,那么本文则以不足七百字的篇幅,写得简而有法、结构完整。

风　俗

夫天之所爱育者民也,民之所系仰者君也①。圣人上承天之意,下为民之主,其要在安利之。而安利之之要不在于它,在乎正风俗而已。故风俗之变,迁染民志②,关之盛衰,不可不慎也。

君子制俗以俭③,其弊为奢。奢而不制,弊将若之何? 夫如是,则有殚极财力④、僭渎拟伦以追时好者矣⑤。且天地之生财也有时，人之为力也有限，而日夜之费无穷。以有时之财、有限之力，以给无穷之费，若不为制，所谓积之涓涓而泄之浩浩⑥，如之何使斯民不贫且滥也⑦！国家奄有诸夏⑧，四圣继统⑨，制度以定矣，纪纲以缉矣⑩，赋敛不伤于民矣⑪，徭役以均矣，升平之运未有盛于今矣⑫。固当家给人足，无一夫不获其所矣。然而窭人之子⑬，短褐未尽完⑭；趋末之民⑮，巧伪未尽抑⑯，其故何也？殆风俗有所未尽淳欤⑰？

且圣人之化，自近及远，由内及外。是以京师者风俗之枢机也⑱，四方之所面内而依仿也⑲。加之士民富庶，财物毕会⑳，难以俭率㉑，易以奢变。至于发一端，作一事，衣冠车马之奇，器物服玩之具㉒，旦更奇制㉓，夕染诸夏㉔。工者矜能于无用㉕，商者通货于难得㉖，岁加一岁，巧眩之性不可穷㉗，好尚之势多所易㉘,故物有未弊而见毁于人,人有循旧而见嗤于俗㉙。富者竞以自胜,贫者耻其不若,且曰:"彼人也,我人也,彼为奉养若此之丽,而我反不及!"由是转相慕效,务尽鲜明㉚,使愚下之人有逞一时之嗜欲㉛,破终身之赀产而不自知也㉜。

且山林不能给野火,江海不能实漏卮㉝。淳朴之风散,则贪饕之行成㉞;贪饕之行成,则上下之力匮㉟。如此则人无完行㊱,士无廉声㊲;尚陵逼者为时宜㊳,守检柙者为鄙野㊴;节义之民少,兼并之家多㊵;富者财产满布州域,贫者困穷不免于沟壑。夫人之为性,心充体逸则乐生㊶,心郁体劳则思死㊷。若是之俗,何法令之能避哉?故刑罚所以不措者此也㊸。

且坏崖破岩之水,原自涓涓;干云蔽日之木㊹,起于青葱。禁微则易,救末者难。所宜略依古之王制，命市纳贾^㊺，以观好恶。有作奇技淫巧以疑众者^㊻，纠罚之；下至器物馔具^㊼，为之品制以节之；工商逐末者，重租税以困辱之。民见末业之无用，而又为纠罚困辱，不得不趋田亩，田亩辟则民无饥矣。以此显示众庶，未有莘榖之内治而天下不治矣^㊽。

① 系仰：依靠，仰望。

② 迁染：指性情被习俗潜移默化。迁，改变。志：思想。

③ 制：制约，约束。

④ 殚：竭尽。

⑤ 僭渎（jiàn dú）：超越本分。僭，旧指下级冒用上级的名义、礼仪或器物，超越本分。渎，轻慢，亵渎。拟伦：模仿同类，这里指向阔人看齐。伦，同辈，同类。

⑥ 涓涓：细水慢流貌。浩浩：水盛大貌。

⑦ 滥：越轨。《论语·卫灵公》：“小人穷斯滥矣。”

⑧ 奄有：拥有。奄，覆盖，包括。诸夏：古代指华夏族居住的地方。这里指宋朝的疆土。

⑨ 四圣：指宋朝开国以来的宋太祖、太宗、真宗、仁宗四帝。

⑩ 缉：通"辑"，协和。

⑪ 赋敛：赋税征收。

⑫ 升平之运：太平时世。

⑬ 窭(jù)人：贫寒的人。

⑭ 短褐：粗麻短衫。完：完好。

⑮ 趋末之民：指商人。古代称工商等业为末业，与称为"本业"的农业相对。

⑯ 抑：抑制。

⑰ "殆风俗"句：意谓大概是风俗还不很淳朴吧。殆，大概。淳，淳朴。

⑱ 枢机：比喻事物运动的关键。

⑲ 面内：面向。

⑳ 毕会：全都集中。毕，都，全。

㉑ 率：率领。这里引申为转移。

㉒ 具：齐备。

㉓ 更：换。

㉔ 夕染诸夏：意谓晚上就影响到全国各地。

㉕ 矜能：夸耀才能。

㉖ 通货：交接货物，即做买卖。

㉗ 眩：通"炫"，炫耀。

㉘ 易：更换。

㉙ 嗤：讥笑。

㉚ 鲜明：新奇漂亮。

㉛ 逞：炫耀，卖弄。

㉜ 赀：同"资"。

㉝ "山林"两句：语出王符《潜夫论·浮侈第十二》。意谓山林不能满足燃烧的野火，江海不能灌满下漏的酒器。给（jǐ），满足。漏卮（zhī），渗漏的酒器。

㉞ 贪饕（tāo）：贪婪。

㉟ 匮：缺乏，不足。

㊱ 完行：完美的德行。

㊲ 廉声：廉洁的声名。

㊳ 陵逼：欺凌，压迫。

㊴ 检柙（yā）：规矩。

㊵ 兼并：指土地兼并。

㊶ 充：充实，充足。

㊷ 郁：忧愁。

㊸ 措：废置，搁置。

㊹ 干云：入云。干，犯。

㊺ 命市纳贾：命令掌管市场的官吏上报物价。纳贾，上报物价。贾，通"价"。

㊻ "有作"句：语出《礼记·王制》："作淫声异服、奇技奇器以疑众，杀。"

㊼ 馔（zhuàn）具：食具。

㊽ 辇毂（niǎn gǔ）：指京都。辇，人推挽的车，秦汉后特指皇帝皇后所乘的车。毂，车轮中心的圆木。

　　本文写作年代不详。从文中所说当时"国家奄有诸夏，四圣继统"之语来看，"四圣"指宋朝开国以来的宋太祖、太宗、真宗、仁宗四帝，那么本文当写于仁宗在世时，即嘉祐八年（1063）之前。

　　王安石在本文中，把风俗问题视作关系到国家兴衰的重要问题，把"变风俗，立法度"视为当务之急。他在文中具体分析了当时的风俗情形，阐明了革除奢华风俗，发展生产，抑制兼并，从而使国家富强起来的主张。

作者在文中提倡用俭朴来约束风俗，即"君子制俗以俭"，而奢华会使国力贫乏、百姓困穷。除此之外，作者还建议通过立法来革除奢华的风俗。需要指出的是，王安石的这些看法，是建立在儒家传统的重农轻商即重本轻末的思想基础之上的，所以文中对"工者矜能于无用，商者通货于难得"的现象表示愤慨，要求"有作奇技淫巧以疑众者，纠罚之；下至器物馔具，为之品制以节之；工商逐末者，重租税以困辱之"。以现代的视角来看，这些看法对于商业的发展、技术的进步以及生活质量的提高，无疑是有消极作用的。

本文论点明确，论述充分。在论述中，作者广泛运用了比喻和排比的修辞手法，使议论得到了生动、形象的表述，如"以有时之财、有限之力，以给无穷之费，若不为制，所谓积之涓涓而泄之浩浩，如之何使斯民不贫且滥也！"同时，也增强了文章的气势，如"山林不能给野火，江海不能实漏卮"、"坏崖破岩之水，原自涓涓；干云蔽日之木，起于青葱"等几组排比，句式整齐，使论点得到了雄辩的表达，增强了论点的说服力。

材　　论

　　天下之患，不患材之不众，患上之人不欲其众；不患士之不欲为，患上之人不使其为也。夫材之用，国之栋梁也，得之则安以荣，失之则亡以辱。然上之人不欲其众、不使其为者，何也？是有三蔽焉①。其尤蔽者，以为吾之位可以去辱绝危，终身无天下之患，材之得失无补于治乱之数②，故偃然肆吾之志③，而卒入于败乱危辱④，此一蔽也。又或以谓吾之爵禄贵富足以诱天下之士⑤，荣辱忧戚在我⑥，是吾可以坐骄天下之士⑦，而其将无不趋我者，则亦卒入于败乱危辱而已，此亦一蔽也。又或不求所以养育取用之道，而谩谩然以为天下实无材⑧，则亦卒入于败乱危辱而已，此亦一蔽也。此三蔽者，其为患则同⑨。然而用心非不善，而犹可以论其失者，独以天下为无材者耳。盖其心非不欲用天下之材,特未知其故也⑩。

且人之有材能者,其形何以异于人哉?惟其遇事而事治,画策而利害得⑪,治国而国安焉,此其所以异于人者也。上之人苟不能精察之,审用之,则虽抱皋、夔、稷、契之智⑫,且不能自异于众,况其下者乎?世之蔽者方曰:"人之有异能于其身,犹锥之在囊,其末立见⑬,故未有有实而不可见者也。"此徒有见于锥之在囊,而固未睹夫马之在厩也⑭。驽骥杂处⑮,其所以饮水食刍⑯,嘶鸣蹄啮⑰,求其所以异者盖寡。及其引重车,取夷路⑱,不屡策⑲,不烦御⑳,一顿其辔而千里已至矣㉑。当是之时,使驽马并驱,则虽倾轮绝勒㉒,败筋伤骨,不舍昼夜而追之,辽乎其不可以及也㉓,夫然后骐骥骎裹与驽骀别矣㉔。古之人君,知其如此,故不以天下为无材,尽其道以求而试之耳。试之之道,在当其所能而已。

夫南越之修簳㉕,镞以百炼之精金㉖,羽以秋鹗之劲翮㉗,加强弩之上而彍之千步之外㉘,虽有犀兕之捍㉙,无不立穿而死者,此天下之利器,而决胜觌武之所宝也㉚。然而不知其所宜用,而以敲扑㉛,则无以异于朽槁之梃也㉜。是知虽得天下之瑰材桀智㉝,而用之不得其方,亦若此矣。古之人君,知其如此,于是铨量其能而审处之㉞,使大者小者、长者短者、强者弱者无不适其任者焉。如是则士之愚蒙鄙陋者,皆能奋其所知以效小事㉟,况其贤能、智力卓荦者乎㊱?呜呼!后之在位者,盖未尝求其说而试之以实也,而坐曰天下果无材㊲,亦未之思而已矣。

或曰:"古之人于材有以教育成就之,而子独言其求而用之者,何也?"曰:天下法度未立之先,必先索天下之材而用之;如能用天下之材,则能复先王之法度。能复先王之法度,则天下之小事无不如先王时矣，况教育成就人材之大者乎？此吾所以独言求而用之之道者。

噫！今天下盖尝患无材。吾闻之，六国合从^㊳，而辩说之材出；刘、项并世^㊴，而筹画战斗之徒起；唐太宗欲治^㊵，而谟谋谏诤之佐来^㊶。此数辈者，方此数君未出之时，盖未尝有也，人君苟欲人，斯至矣。今亦患上之不求之、不用之耳。天下之广，人物之众，而曰果无材可用者，吾不信也。

① 蔽：遮挡，障碍，这里引申为偏见。

② 数：命运。

③ 偃（yǎn）然：安然，任意。肆：放纵。

④ 卒：终于。

⑤ 爵禄：官位和俸禄。

⑥ 忧戚：忧伤。戚，悲伤。

⑦ 坐骄：傲视。坐，引申为不动，比喻自得的样子。

⑧ 谡（xǐ）谡然：忧心忡忡的样子。

⑨ 患：祸害。与上文"患"作"忧虑"解不同。

⑩ 特：但，只不过。

⑪ 画策：出谋献策。画，谋划。

⑫ 皋（gāo）：指皋陶（yáo），相传曾被舜任为掌管刑法的官。
夔（kuí）：相传为尧、舜时的乐官。稷：指后稷，名弃，相传
他善于种植各种粮食作物，在尧、舜时任农官。契（xiè）：
传说为商的始祖，被舜任为司徒，掌管教化。

⑬ "犹锥之"二句：比喻有才能的人是不会被埋没的。据《史
记·平原君列传》载，秦围赵国都城邯郸，赵国公子平原君
赵胜向楚国求救，门客毛遂自荐同行。平原君说："夫贤士
之处世也，譬若锥之处囊中，其末立见。"囊，口袋。末，尖
端。见，通"现"，显露。本文用此典。

⑭ 厩：马房。

⑮ 驽（nú）：劣马。骥：好马。

⑯ 刍（chú）：喂牲畜的草。

⑰ 啮（niè）：咬。

⑱ 夷路：平坦的道路。夷，平坦。

⑲ 策：本指马鞭，这里指鞭策驱驰。

⑳ 御：驾驭。

㉑ 顿：通"振"，抖擞。辔（pèi）：驾驭牲口用的嚼子和缰绳。

㉒ 倾轮：车轮倾斜。绝勒：缰绳拉断。绝，断。勒，带嚼口的
　　马络头。

㉓ 辽乎：遥远的样子。

㉔ 骐（qí）骥：良马。骙裹（niǎo）：骏马名。驽骀（tái）：
　　劣马。

㉕ 南越：古国名，其地在今广西、广东一带。修簳（gǎn）：
　　长箭。

㉖ 镞（zú）：指箭头。精金：即精钢。

㉗ 鹗（è）：一种长翼凶猛的鸟，又叫鱼鹰。劲翮（hé）：坚硬
　　的翎管。

㉘ 彉（kuò）：张满弓弩。

㉙ 兕（xī）：雄犀牛，有两角。兕（sì）：雌犀牛，有一角。捍：
　　凶猛。

㉚ 觌（dí）武：以武力相见，指打仗。觌，相见。

㉛ 敲扑：敲打。

㉜ 朽槁（gǎo）：枯干。梃（tǐng）：棍子。

㉝ 瑰材桀（jié）智：奇伟杰出的人才。

㉞ 铢（zhū）量：仔细衡量。铢，我国古代衡制中一个微小的

重量单位。《汉书·律历志上》："二十四铢为两,十六两
为斤。"

㉟ 奋：振作兴起。

㊱ 卓荦(luò)：突出。

㊲ 坐：徒然,空。

㊳ 六国合从：指战国时期齐、楚、燕、韩、赵、魏六国联合起来
与秦国抗衡。因六国地连南北,故称他们的联合为合纵。
从,通"纵"。

㊴ 刘、项并世：刘指刘邦,项指项羽,皆为秦末反秦起义军领
袖。秦亡后,项羽自立为西楚霸王,封刘邦为汉王。不久,
楚、汉之间展开了长达五年的战争。公元前202年,刘邦战
胜项羽,即皇帝位,建立汉朝,即汉高祖;项羽则兵败自杀。

㊵ 唐太宗：即李世民,唐高祖李渊的次子,唐朝第二代皇帝。
他常以"亡隋为戒",较能任贤纳谏。他统治时期,社会经
济有所恢复,被史家誉为治世。

㊶ 谟谋：计策谋略。

　　人才问题一直是王安石关注的重点,本文就是他关
于人才问题的一篇专论。作者在文中论述统治者应如

何去发现人才和使用人才,对人才的重要性和选拔任用人才的方法,作了相当精辟的阐述。

本文开门见山地指出了上层统治者在对待人才问题上的三种偏见,并指出了这些偏见对国家政权的危害。应该说,作者指出的这种种偏见是很有普遍性的,也是从历史经验中得出来的,即使在今天也有一定的现实意义。接着,作者在文中用了两段比喻,着重批驳"以天下为无材"的观点。他先以马作比喻,强调要在实践中即使用中发现人才;再以箭作比喻,阐明使用人才必须发挥其特长。最后,作者用战国、秦汉之际和唐太宗时因形势需求不同而涌现不同类型的人才的历史事实,说明人才总是应运而生,再次批驳了那些认为天下"无材可用"的观点。

在写作上,本文运用了多种修辞手法,以增强文章的说服力和形象性。文中使用了马和箭两组比喻,同时在每组比喻中又加以对比,十分鲜明、形象。此外,文中还运用了排比和反复,喻体和被喻体都是成双成组地出现,句式整齐,增强了文章的气势,而同样的意思和句式在文中反复出现,使论点得到了强调和深化,给读者留下了深刻的印象。

读孟尝君传①

世皆称孟尝君能得士②,士以故归之③,而卒赖其力以脱于虎豹之秦④。嗟乎! 孟尝君特鸡鸣狗盗之雄耳⑤,岂足以言得士? 不然,擅齐之强⑥,得一士焉,宜可以南面而制秦⑦,尚何取鸡鸣狗盗之力哉? 夫鸡鸣狗盗之出其门,此士之所以不至也。

① 孟尝君: 即田文,战国时齐国的贵族,齐相田婴的庶子。袭父封爵,封于薛(今山东滕县南),号孟尝君。

② 得士: 得到士人的欢心。指孟尝君能"礼贤下士",与士相得。

③ 以故: 因为这个缘故,指"能得士"。归: 投奔,归顺。之: 他,指孟尝君。

④ 卒：终于。赖：依赖，依靠。脱：逃脱。虎豹：形容凶暴。
不少封建史学家笼统地把秦国称为"暴秦"，王安石沿袭了
这一观点。

⑤ 特：只不过。鸡鸣狗盗：据《史记·孟尝君列传》记载，孟
尝君曾因故被秦所囚，其手下门客一个会学狗叫，一个会
学鸡叫，并凭此特技盗得贵重物品贿赂秦王宠妃及骗开关
门，逃回齐国。雄：首领。

⑥ 擅：据有。

⑦ 宜：应该。南面而制秦：意谓使秦国国君来向齐国国君朝
拜称臣。南面，古代帝王均坐北朝南。

　　孟尝君是战国时期齐国的公子，他与赵国贵族平原
君赵胜、魏国贵族信陵君魏无忌、楚国贵族春申君黄歇，
都以好客养士出名，称为"战国四公子"。其中，孟尝君
尤以招纳贤士而著称。司马迁在《史记》中记载了孟尝
君的事迹。这篇短文，就是王安石读了《史记·孟尝君
列传》后写下的感想。他在文中一反"孟尝君能得士"
这个传统看法，认为"士"必须具有经邦济世的雄才大

略,而那些"鸡鸣狗盗"之徒是根本不配"士"这个高贵称号的。文章借题发挥,反映了作者豪迈的气魄和自负的态度。

本文共四句九十字。首句揭出"孟尝君能得士"这个传统观点,不加褒贬,文势平稳以引出下文。接着两句反问,似石破天惊,顿起波澜,先分析孟尝君门下"士"的构成情况,再指出孟尝君在历史上的作用,一层紧接一层,用史实力破所谓"得士"之论。最后一句总结了孟尝君不能得士的原因,指出鸡鸣狗盗之徒出入在他门下,所以真正的士人就不来投奔他了。文章至此,戛然而止。寥寥数言,无一句闲语,给人以一种显豁的新鲜感觉。

本篇行文持之有故,言之成理,是历代传诵的翻案名作。文章笔力峭拔,辞气凌厉,缓起陡转,承进疾收,写得抑扬反覆而转折有力,是短篇文章中的典范。清人沈德潜评云:"语语转,笔笔紧,千秋绝调。"(《唐宋八家文读本》)刘大櫆评云:"寥寥数言,而文势如悬崖断堑,于此见介甫笔力。"(《古文辞类纂》卷十引)

读柳宗元传①

余观八司马②，皆天下之奇材也，一为叔文所诱③，遂陷于不义④。至今士大夫欲为君子者，皆羞道而喜攻之。然此八人者，既困矣，无所用于世，往往能自强以求别于后世，而其名卒不废焉⑤。而所谓欲为君子者，吾多见其初而已，要其终，能毋与世俯仰以自别于小人者少耳⑥！复何议于彼哉？

① 柳宗元：字子厚，唐代著名文学家。新、旧《唐书》均有传。

② 八司马：指柳宗元等八人。唐顺宗即位，擢用王叔文、王伾等，谋夺宦官兵权，进行政治改革。朝中保守派官僚与宦官合谋发动政变，王叔文、王伾被杀害，参与改革的骨干分子韦执谊、韩泰、陈谏、柳宗元、刘禹锡、韩晔、凌准、程异八人被贬为远州司马，时称"八司马"。

③ 叔文：即王叔文，唐顺宗时任翰林学士。他联合王伾等人进行政治改革，遭到宦官等的反对，顺宗被迫禅位，王叔文

被杀。

④ 不义：指不正道的行为。旧史家以王叔文出仕不以正道，以棋待诏，侍读东宫，得顺宗信任而致大用，而对他多有指斥，并对柳宗元、刘禹锡等参与改革指斥为"蹈道不谨，昵比小人。自致流离，遂隳素业"（《旧唐书》卷一六〇《柳宗元传》）。王安石在这里也沿用了这些观点。

⑤ 卒：最后。不废：没有被埋没。

⑥ 俯仰：随宜应付。

　　本文是王安石读了柳宗元传后写下的感想。作者虽然沿用了旧史家对王叔文革新的看法，但是对参加王叔文革新的柳宗元等八司马却评价甚高。柳宗元等八人在遭受了政治上的严重挫折之后，仍坚持自己的理想，自强不息，实现了自己人生的价值。八司马中的柳宗元、刘禹锡等人，成为唐代著名的思想家、文学家，为后人所景仰。王安石从柳宗元等的事迹中说明这样一个人生哲理，即人即使处在逆境之中也要自强不息，要有始有终，所谓"既困矣，无所用于世，往往能自强以求别于后世"。由此,作者对当时那些有始无终、不能"毋与世俯仰以别于小人"的君子作了嘲讽。

本文篇幅极短,仅一百一十字。作者从柳宗元等人自强不息的事迹出发,阐述人生哲理,针砭不良世风,语简而义丰,体现出王安石散文简洁深刻的特点,如清人刘熙载所称赞的那样,其文"只下一二语,便可扫却他人数大段,是何简贵"(《艺概·文概》)。

四、居丧讲学(1063—1067)

自宋仁宗嘉祐八年(1063)十月至宋英宗治平四年(1067)的这四年间,是王安石在江宁居丧和讲学的时期。

这时,王安石步入仕途已有二十来年。长期的观察和思考,已经使他形成了比较完整的变法思想,并上升到哲学思辨的高度。近三年的居丧生活,正好使他得以摆脱官署冗务和日常应酬,而潜心于学术著述之中。《洪范传》就是他在这一时期完成的一篇力作。《洪范》是儒家经典《尚书》中的一篇,旧传为商代末年的贤人箕子向周武王陈述治理国家的根本大法,历来为哲学家所重视,纷纷为之作传作注。王安石在这篇文章中,发展了天道自然无为的唯物主义哲学观,阐述了一切自然现象都是合乎规律产生的重要思想。王安石认为人事与天道无关,因此不必为自然变异而畏惧。这些思想,成为指导他日后变法革新的哲学依据。

治平二年(1065)七月,王安石服丧期满。朝廷召他赴阙,将授予新职。王安石这时正患病,在服药调理,于是他上《辞赴阙状》,以病辞召。

为了宣传自己的改革思想,寻求更多的支持者,治平三年,王安石在金陵设帷讲学。他的学说,在当时的青年知识分子中间有着很大的影响。因此,当王安石讲学的消息传出后,四方士子"闻风裹粮走,愿就秦扁医沉疴"(陆佃《依韵和李知刚黄安见示》,《陶山集》卷一),希望从王安石这里找到救国的良方。王安石与学生们一起讨论儒家经典,用自己的观点给予这些经典以新的阐释,而不拘泥于前人旧说。他的讲学极受学生欢迎。陆佃在《依韵和李知刚黄安见示》一诗中,曾描绘了当时的情况:

忆昨司空驻千骑,与人倾盖肠无他。有时偃寒

枕书卧,忽地起走仍吟哦。诸生横经饱余论,宛若
茂草生陵阿。

通过讲学,在王安石周围聚集了一批青年士子,形
成以他为首的学派,即哲学史上所称的"荆公新学",为
他后来的变法准备了舆论和人才。这批学生中有王雱、
陆佃、龚原、蔡卞等人。王雱字元泽,是王安石的长子。
他好学不倦,聪慧过人,年方二十就已著书万言,治平四
年(1067)中进士,得其父真传,为其父所器重。陆佃字
农师,山阴(今浙江绍兴)人,学问渊博,著述甚多,为著
名经学家,后来官至尚书左丞。他是南宋大诗人陆游的
祖父。龚原字深父,处州遂昌(今属浙江)人,长于经
学,后来成为王安石长妹王文淑的女婿。蔡卞字元度,
福建仙游人,后娶王安石次女为妻,官至尚书左丞。这
些人后来都成为王安石推行新法的得力助手。蔡卞的
哥哥是后来成为北宋末年大奸臣的蔡京,因为这个缘
故,后来不少攻击王安石变法的人借此把北宋灭亡的原
因追溯到王安石身上,其实历史是不能这样简单归
结的。

治平四年(1067)正月,宋代朝政又一次发生变动,时年三十六的宋英宗病逝,其子赵顼即位,是为宋神宗。神宗早就听说过关于王安石的不少传闻,对他十分向慕。他即位后不久,便召王安石赴阙。王安石仍以病未愈乞求分司,神宗答应了他的请求。治平四年闰三月,王安石出知江宁府。九月,神宗召王安石为翰林学士。这次,王安石一反旧习,欣然应命,也许是他预感到自己一伸抱负的机会来到了。果然,王安石的这一出山,掀起了北宋中叶政治舞台上的一场巨澜。

在江宁居丧和讲学的这一时期,王安石的诗文创作不甚活跃。除了《洪范传》等学术著作外,他撰写的文章主要有阐述教育思想的《虔州学记》、《太平州新学记》等,依经立论,引经据典,议论色彩更趋强烈,风格上由峭刻拗折渐趋平婉温醇。由于讲学,王安石还写了不少与友生讨论学术的书信,以认真的态度、平易的口吻回答友生的提问,如《答韩求仁书》等,是研究王安石学术思想的重要材料。这一时期创作的诗,内容主要是咏怀和唱酬之作,体裁仍是古体、近体并进,其中不乏上乘之作。古体诗如《和王微之登高斋》三首,历咏六朝以来金陵的兴衰史实,描写和议论、抒情相结合,笔墨酣畅,较之前期的同类诗作,诗艺显得更为纯熟。其近体诗更注重对偶和用典。值得一提的是,王安石还尝试词的创作。著名的咏史词《桂枝香·金陵怀古》就作于这时。他的词作虽然不多,但风格独特,在词的发展史上占有一席之地。

金陵怀古四首(选一)

霸祖孤身取二江①,子孙多以百城降②。豪华尽出成功后,逸乐安知与祸双③?东府旧基留佛刹④,《后庭》余唱落船窗⑤。《黍离》、《麦秀》从来事⑥,且置兴亡近酒缸⑦。

① 霸祖:指在金陵开创基业、建立霸权的历朝开国君主。孤身:形容开国君主白手起家,取得天下。二江:北宋江南东路和江南西路的简称,其地相当于今江西全部、江苏和

安徽长江以南部分以及湖北的部分地区。

② 百城：泛指众多的城市。

③ 逸乐：安乐。

④ 东府：在今南京市东，原为东晋简文帝为会稽王时的府第，后扩建为城。佛刹(chà)：佛寺。

⑤《后庭》：陈后主所作的《玉树后庭花》曲。陈后主在位荒淫腐败，以致亡国，故此曲被称为亡国之音。

⑥《黍离》：《诗经·王风》篇名，旧说为东周大夫行经西周故都，见宗庙宫室尽为禾黍，因眷怀故国而作。《麦秀》：即《麦秀之歌》，为殷朝旧臣路过故都，因悯伤故国而作。

⑦ 置：搁置。近酒缸：指代喝酒。

金陵是六朝和五代十国时南唐的故都。在这块土地上，曾经掀起过不少历史风云，留下了许多名胜古迹。"江南佳丽非一日，况乃故国名池台"（《和王微之登高斋》）。王安石在这一时期常与友人一起凭吊古迹，写下不少咏史吊古之作，这组诗就可能作于当时。历来金陵怀古诗的内容大多是感慨兴亡，王安石的这组诗也不例外。但是，作为一个政治家，王安石在诗中着眼的不

仅是金陵的历史风云,而是从中概括出历史上一切政权
盛衰兴亡的规律。"豪华"二句,正是他对历史深刻反
思后得出的结论。作者熟谙史实,观察问题高屋建瓴,
因而这首诗写得高度概括精炼,深刻而耐人思索。

桂 枝 香

　　登临送目①,正故国晚秋②,天气初肃③。
千里澄江似练④,翠峰如簇⑤。归帆去棹斜阳
里⑥,背西风、酒旗斜矗⑦。彩舟云淡,星河鹭
起⑧,画图难足。　　念往昔、繁华竞逐⑨,叹
门外楼头⑩,悲恨相续⑪。千古凭高,对此谩嗟
荣辱⑫。六朝旧事随流水⑬,但寒烟芳草凝
绿⑭。至今商女⑮,时时犹歌,《后庭》遗曲⑯。

① 送目:远目,望远。

② 故国:指金陵。金陵为六朝旧都,故云。

③ 肃:肃杀,严酷萧瑟的样子,形容深秋或冬季草木枯落时的

天气。

④ 练：白色的熟绢。这句语本南齐谢朓《晚登三山还望京邑》诗："澄江静如练。"形容江水的平静、澄清和悠长。

⑤ 簇（cù）：丛列、丛聚的样子。

⑥ 归帆去棹（zhào）：指来往的船只。归，一作"征"。棹，摇船的用具，也指船。

⑦ 酒旗斜矗：酒旗随风飘扬的样子。酒旗，酒楼上悬挂的布招帘。

⑧ 星河鹭起：南京西南长江中有白鹭洲，当时有白鹭起舞，故云。星河，天河，这里指长江。

⑨ 繁华竞逐："竞逐繁华"的倒文。繁华，指奢靡荒淫的生活。

⑩ 门外楼头：语本唐人杜牧《台城曲》："门外韩擒虎，楼头张丽华。"诗意是说，当隋朝大将韩擒虎率军兵临建康（即金陵）城下，陈后主还在和妃子张丽华等寻欢作乐。门外，指朱雀门（建康城正南门）外，隋军从此门攻入建康，俘获陈后主、张丽华等，陈亡。楼头，指结绮阁，陈后主为张丽华所造。

⑪ 悲恨相续：指历史上在金陵建都的各个王朝灭亡相继，也包括隋朝的覆灭。

⑫ 谩嗟：空叹。

⑬ 六朝：指东吴、东晋、宋、齐、梁、陈六个建都金陵的王朝。

⑭ 芳：作"衰"。

⑮ 商女：歌女。

⑯《后庭》遗曲：即陈后主所作《玉树后庭花》歌曲，后人称之
   为亡国之音。这三句语本杜牧《夜泊秦淮》："商女不知亡
   国恨，隔江犹唱《后庭花》。"

治平四年(1067)，王安石出知江宁府。这一时期，
他写有不少咏史吊古之作，这首词就可能作于当时。据
《古今词话》载："金陵怀古，诸公寄词于《桂枝香》，凡三
十余首，独介甫最为绝唱。"

作者登高临远，俯仰古今，从吸取历代兴亡的历史
教训出发，在词中抒发了对现实政治的感慨。词的上片
以如椽之笔勾勒出千里江山的雄伟景象，对"画图难
足"的秋日景色作精细的描绘。下片由景到情，突出怀
古的主旨。"念往昔"三句，高度概括了发生在金陵的
历史风云，借用"门外楼头"四字，精炼而又形象地展现

了一幕史剧。作者认为历代文人骚客面对金陵山水,只知慨叹朝代兴亡,而未能跳出荣辱的圈子。他由"六朝旧事"回到现实,希望能以历史的教训作为借鉴。词的最后三句,显然流露出他对当时不能励精图治的北宋当局的不满情绪。怀古与讽今的结合,使这首词具有极大的现实意义。

这首词立意不凡,识见高超。词中有写景,有议论,用典使事相当贴切。其风格雄健,意境壮阔,堪称宋代第一首成熟的咏史怀古词。苏轼对这首词极为赞赏,据说他见到此词后,称赞王安石道:"此老乃野狐精也。"(《古今词话》)

南 乡 子

自古帝王州①,郁郁葱葱佳气浮。四百年来成一梦②,堪愁。晋代衣冠成古丘③!

绕水恣行游④,上尽层城更上楼。往事悠悠君莫问,回头。槛外长江空自流⑤。

① 帝王州：指金陵。金陵历史上曾是六朝故都，五代十国时的南唐也建都于此，故称"帝王州"。

② 四百年：指公元 222 年东吴建国至公元 589 年陈朝灭亡这段时期，即历史上通称的"六朝"。四百年，概举成数而言。

③ 衣冠：古代士以上戴冠，衣冠连称，是古代士以上的服装。后引申指世族、士绅。这句用李白《登金陵凤凰台》成句，意思是：晋代那些世家大族的遗迹，如今都成了废墟。

④ 恣(zì)：听任，任凭。

⑤ 槛：栏杆。

　　这首词也是金陵怀古之作，可能与《桂枝香》等是同时之作。作者以极精炼的笔墨，高度概括了曾经发生在金陵的历史风云，表达了强烈的兴亡之感。词中对史事的慨叹，同样也含蓄地表达了作者对时局的看法。

浪 淘 沙 令

伊吕两衰翁①，历遍穷通②。一为钓叟一

耕佣③。若使当时身不遇，老了英雄。

　　汤武偶相逢④，风虎云龙⑤。兴王只在笑谈中⑥。直至如今千载后，谁与争功⑦！

① 伊吕：伊尹和吕尚，旧时并称为贤相。伊尹，商初大臣。名伊，尹是官名。一说名挚。传说奴隶出身，为有莘氏女的陪嫁之臣，为汤所用，任以国政，佐汤灭夏。吕尚，姜姓，吕氏，名尚，字子牙，俗称姜太公。传说他直到晚年还困顿不堪，垂钓于渭水之滨，遇周文王，先后辅佐文王、武王，成就了灭商兴周之业。

② 穷通：指困顿窘迫或顺利显达的处境。

③ 钓叟：指吕尚。耕佣：为人耕作，指伊尹。

④ 汤武：商汤和周武王。汤，成汤，即位后用伊尹执政，灭夏，建立商朝。周武王，姓姬名发，即位后以吕尚为师，灭商，建立周朝。

⑤ 风虎云龙：语出《易·乾·文言》："云从龙，风从虎，圣人作而万物睹。"意思是说，云跟随着龙出现，风伴随着虎出现，圣明的君主出现，国家和社会就会昌盛繁荣。

⑥ 兴王：兴国之王，即开创基业的国君。这里指辅佐兴王。

⑦ 争：争论，比较。

　　这是一首咏史抒怀之作。词中吟咏伊尹、吕尚“历遍穷通”的遭际和名垂千载的功业，并叹息君臣相遇之难。在作者看来，伊、吕“若使当时身不遇”，仍然是“一为钓叟一耕佣”，只能是“老了英雄”，无法辅佐汤、武成就灭夏、商的伟业。名为咏史，实是自况。王安石早立大志，要致君尧舜，但长期不得重用。直到宋神宗即位，他才有了类似“汤、武相逢”的机会，可以干一番惊天动地的事业。这首词显然寄托了王安石迫切希望能为君主所知以成就伟业的宏伟理想。据此，这首词为王安石入京执政前所作，可能与《桂枝香》等词为同时之作。

五、执政变法（1067—1076）

从宋英宗治平四年（1067）秋入京为翰林学士起，至宋神宗熙宁九年（1076）第二次辞相回江宁迄，是王安石在北宋政坛大显身手的时期。

熙宁元年（1068）四月，宋神宗召入京不久的翰林学士王安石越次入对。年方二十的青年皇帝宋神宗不满历朝因循苟且的政策，极想有一番作为。在这次召见中，他与王安石探讨治国的方针大略。王安石要神宗效法尧、舜，治国要"以择术为先"，即要选择适合国家的方针政策。这一回答实际上否定了宋朝的既定国策，要求提出新的治国方案。尧、舜是传说中上古的贤明君主。王安石要致君尧、舜，正是为了要实现自己"欲与稷、契退相希"的宏伟理想。

在这次召见中,宋神宗还向王安石请教了一个问题:"祖宗守天下,能百年无大变,粗致太平,以何道也?"(见杨仲良撰《通鉴长编纪事本末》卷五九)宋朝开国至当时已有一百余年,历经太祖、太宗、真宗、仁宗、英宗五朝。王安石经过反复思考,写了《本朝百年无事札子》一文上神宗。他在文中回顾了宋兴百余年的历史,尖锐地揭示了"民不富"、"国不强"的危机四伏的社会现状,强调了变法改革的必要性和迫切性。

王安石的这篇文章深深打动了宋神宗,他决定让王安石辅佐他完成改革的大业。熙宁二年(1069),宋神宗任命王安石为右谏议大夫、参知政事(副宰相),参与执政。王安石上任后,首先设立了"制置三司条例司"这样一个机构,由在政坛上初露头角的吕惠卿主持,负责有关财政经济方面的立法。王安石始终把财政问题视为国家的重要问题,主张在不加重百姓负担的前提下,发展农业生产,并把富豪兼并之家的部分剥削收入收归朝廷以增加国用。在《乞制置三司条例》一文中,他向神宗建议"稍收轻重敛散之权,归之公上;而制其有无,以便转输、省劳费、去重敛、宽农民"。三司条例司根据当时的情况,制定了一系列新法,自这年七月起陆续颁行。史家所称的"熙宁变法"或"王安石变法",就于此时正式揭开了帷幕。

王安石变法的内容,大致可分为理财和整军两大类。王安石企图通过推行青苗法、免役法、均输法、市易法、农田水利法、方田均税法、保甲法、保马法、置将法和设军器监等一系列新法,来达到富国强兵、巩固赵宋王朝的目的,即"修吾政刑,使将吏称职、财谷富、兵强而已"(《续资治通鉴长编》卷二一〇)。

在新法的推行过程中,始终充满着尖锐复杂的斗争。由于新法限制了豪强、贵族等的一些特权,损害了他们的部分利益;同时在新法的执行过程中也产生了一些弊端,新法从一开始就遭到了来自各方面的反对。这些反对者中既有代表豪强、贵族等利益的大官僚阶层,也有对变法改革方案持不同看法的中下层官僚和知识分子。与王安石同时崛起于北宋政坛、时任右谏议大夫的司马光就是这个反对派的领袖。他们有的上疏朝廷，对王安石与新法加以猛烈攻击；有的直接写信给王安石，要求他停止推行新法。对此，王安石一方面以"天变不足畏，祖宗不足法，人言不足恤"（参见《通鉴长编纪事本末》卷五九）的精神来面对反对派的攻击，撰文直接批驳反对派对他的责难；另一方面则对儒家经典进行重新训释，用儒家经典作为自己变法的根据，以堵住反对派的口舌。需要指出的是，宋神宗对于王安石给予了充分的信任和支持，熙宁三年（1070）十二月，王安石被任命为礼部侍郎、同中书门下平章事，即担任了宰相。此后，王安石加快了新法的推行步伐，并将改革的范围拓展到科举等方面。与此同时，反对新法的人则纷纷遭到贬斥，司马光去洛阳主持编撰《资治通鉴》，成就了一部伟大的史学著作。

虽然有宋神宗的支持和信任，王安石的改革还是举步维艰，每一项新法的贯彻都会遇到重重阻力，他的不少师友也因对新法不理解而与他疏远。在激烈的政治斗争中，王安石也产生过比较复杂矛盾的心情。他一方面义无反顾地投入到改革中去；另一方面又想早日功成身退。其《雨过偶书》诗云："谁似浮云知进退，才成霖雨便归山。"这种功成身退的思想在中国古代知识分子中是有传统的，但出现在王安石身上却是颇有意味的。熙宁三年冬，王安石拜相，面对京城群僚的祝贺，他却没有欣喜之情，反而写下了"霜筠雪竹钟山寺，投老归欤寄此生"（见魏泰《临汉隐居诗话》）的诗句，以终老江湖为归宿。随着变法的深入进行，王安石要应付来自各方面的挑战，包括变法派内部产生的分歧，这使他感到了疲倦，感叹"经世才难就，田园路欲迷"（《秣陵道中口占》）。这种身在魏阙、心系江湖的苦闷和挣扎，也体现在他熙宁五年所作的《壬子偶题》等诗中。这些诗中的思想倾向，已经预示了后期诗在思想内容上的转变。

　　熙宁七年（1074），新法进入了实施后的第六年。由于连年干旱，粮食歉收，以致米价昂贵，群情忧惶。各地饥民扶老携幼，流离失所，情景极为悲惨。保守派乘机将天灾归咎于王安石变法，他们绘《流民图》上神宗，请罢新法，断言"旱由安石所致，去安石，天必雨"（郑侠

《西塘集》)。一时,保守派从中央到地方,纷纷上疏,攻击新法。在这种情况下,神宗对执行新法也产生了犹豫,于四月中旬下诏以旱权罢方田、保甲等法。三天后,即四月十六日,王安石辞去宰相职务,以观文殿学士、吏部尚书出知江宁府,仍主持修撰经义的职务;其子王雱时已擢升为右正言、天章阁待制兼侍讲,随父回江宁协助修撰经义。

王安石辞相后,神宗根据他的建议,以他的同年好友韩绛为同平章事、吕惠卿为参知政事。他们执政后,基本上仍继续着王安石执政时的政策。但是,为了巩固自己的地位,吕惠卿一方面排挤变法派中与自己意见不一致的人,扶植亲信;另一方面又创立了令百姓申报财产据以纳税的手实法。手实法鼓励告发隐瞒财产不报者,以查获资产的三分之一奖赏告发人。这一办法给贪官污吏扰民害民提供了极大的方便,致使百姓几有鸡犬不宁之忧,一时怨愤并起。神宗见此情形,只得再次起用王安石来稳定时局。熙宁八年(1075)二月,王安石复相。

王安石复相后，停止实行了手实法，罢免了吕惠卿的参知政事的职务。这样，他与吕惠卿之间的摩擦趋于公开化，变法派内部也产生了分裂。由于新法的各项措施已基本实施，王安石在政事方面没有再进行大的动作。值得一提的是，他复相后不久，便向神宗呈送了已修撰完毕的《诗义》、《书义》、《周礼义》，合称《三经新义》。《三经新义》或发掘儒家经典中原有的革新思想，或用附会的方式赋予其原未曾有的革新思想，从而为改革提供理论依据。这年六月，神宗下诏将《三经新义》颁布于学官，"用以取士。士或少违异，辄不中程，由是独行于世者六十年"（晁公武《郡斋读书志》）。从此，王安石的"经术"成为官方认可的唯一"经术"，其他各家传注一概弃而不用，王安石的学术思想也成为北宋后期的统治思想，时称为"荆公新学"。荆公新学"网罗六艺之遗文，断以己意；糠秕百家之陈迹，作新斯人"（苏轼《王安石赠太傅敕》），是对传统经学的一次革新，对北宋后期以及后世的政治、哲学和教育科举制度都产生了深远的影响。需要指出的是，王安石废黜各家传注、独尊自家经术的做法,具有明显的封建专制主义的性质,束缚了人们的思想,阻碍了学术的发展,因此也多为人所指责。苏轼就指出:"文字之衰,未有如今日者也。其源实出于王氏。王氏之文,未必不善也,而患在好使人同己。自孔子不能使人同,颜渊之仁、子路之勇,不能以相移。而王氏欲以其学同天下!地之美者,同于生物,不同于所生。惟荒瘠斥卤之地,弥望皆黄茅白苇,此则王氏之同也。"(《答张文潜书》)苏轼的话,形象地揭示出文化专制的恶果。

熙宁九年(1076)六月,王雱病死,年仅33岁。爱子的早逝,使王安石受到极大的打击。本来已倦于政事的王安石,至此更觉得没有精力坐在日理万机的相位上了。于是,他连续上章请求辞职。在给时任参知政事的同年好友王珪(禹玉)的信中,王安石除强调自己辞职的本身原因在于身患疾病,已无法承担繁重的政事外,还着重谈了自己辞职的外部原因:

　　顾自念行不足以悦众,而怨怒实积于亲贵之尤;智不足以知人,而险诐常出于交游之厚。且据

势重而任事久，有盈满之忧；意气衰而精力弊，有旷
失之惧。历观前世大臣，如此而不知自弛，乃能终
不累国者，盖未有也。（《与参政王禹玉书》）

即认为变法引起了皇亲国戚和左右大臣的"怨怒"；用
人不当，以致信任重用的人却是邪恶不正之徒；而且自
己长期执政，应该适可而止，免得为后世所"讥议"，等
等。王安石向来提倡"人言不足恤"的大无畏精神，义
无反顾地投入到他倡导的变法运动中去，如在这封信中
所说的"苟利于国，岂辞糜殒"，即粉身碎骨也在所不
惜。因此，他坚决要求辞相，是与他向来的主张和倔强
的性格矛盾的，这充分表现出他当时内心的痛苦，也从
一个方面显示出变法过程中政治斗争的激烈程度。

在王安石的一再请求下，神宗同意了他辞职的请
求。熙宁九年十月，王安石第二次罢相，出知江宁府。
从此，王安石离开了北宋中央政治舞台，回金陵度过了
生命中的最后十年。

在执政变法的这一时期，由于王安石倾全力于变
法运动之中，因此他这一时期的诗文创作数量明显减

少,诗主要是近体之作,文章多为奏疏和书信。这些
诗文内容多与变法运动密切相关,反映了变法运动的
进程,表现了王安石在急剧变幻的政治风云中的复杂
感情。为维护新法,他写了一些论战性的作品,如《答
司马谏议书》等,仍然保持着峭折刚劲的风格,词锋犀
利,气势逼人。同时,其散文风格中平婉温醇的一面,
有了更明显的发展。为了给新法寻找理论依据,王安
石这时期的文章更注重依经立论,如《上五事札子》、
《答曾公立书》等。最能体现这一特点的是他的《三经
义序》。这三篇序言概括经义大旨,叙述撰写缘起,依
经立论,行文简洁,且词藻也多取自经典,被誉为"辞
气芳洁,风味邈然"(方苞语,转引自《古文辞类纂》)
之作。

松　间

偶向松间觅旧题[①],野人休诵北山移[②]。
丈夫出处非无意[③],猿鹤从来不自知[④]!

① 旧题：指以前的题咏。王安石辞官家居期间，写有一些流露隐居意思的作品。

② 野人：山野之人，即隐士，这里指作者的友人王介。北山移：指南齐孔稚珪所作的《北山移文》，该文假托北山（即钟山）山神之意斥责利禄熏心的假隐士。这句的意思是：隐士们不要向我诵读什么《北山移文》，我本不是一个为求官的隐士。

③ 出处：出仕和隐居。无意：没有目的。

④ 猿鹤：山猿野鹤。《北山移文》中有"蕙帐空兮夜鹤怨，山人去兮晓猿惊"句，王介寄王安石的诗中亦有"蕙帐一空生晓寒"的话，故王安石反其意而作答。

　　熙宁元年（1068），王安石应刚即位的宋神宗之召，赴京任翰林学士。在这之前，王安石多次拒绝朝廷的征召，在金陵家居。因此，他的这次出山引起了友人王介的误解，作诗嘲讽。王安石遂作此诗答之，说明自己出仕和隐居都不是盲目的，隐居不是为了求名求官，出仕也不是为了贪图名利，而是能有作为即出仕，不能作为即隐居。这正符合儒家传统的"穷则独善其身，达则兼善天下"(《孟子·尽心上》)的理念。诗中表明他这次进京准备一展抱负、有所作为的决心。

题西太一宫壁二首(选一)①

柳叶鸣蜩绿暗②，荷花落日红酣③。三十六陂春水④，白头想见江南。

① 西太一宫：故址在今河南开封市西八角镇。

② 鸣蜩(tiáo)：鸣蝉。蜩，蝉。

③ 酣：浓透。

④ 三十六陂(bēi)：池塘名，在汴京(今河南开封)附近。陂，池塘。又，江南扬州附近也有三十六陂，故诗中云"想见江南"。

宋神宗熙宁元年(1068)，刚入京为翰林学士的王安石重游西太一宫，写下了两首题壁诗，这是第一首。作者由眼前的夏日美景，联想起江南故乡的风光，抒发了对故乡、对亲人的思念。诗的前两句抓住夏日的典型景物加以描绘,色彩极其秾丽;后两句由地名的相同,勾起了思乡思亲之念,含蓄地表达了抚今追昔的情怀。全诗写得情景交融,浑然天成。当时王安石得到宋神宗的重用,正值大展宏图、一伸壮志之时,却流露出心恋江湖的犹豫和彷徨,心情相当复杂。全诗意蕴深广,言有尽而情无极。

夜　　直①

金炉香尽漏声残②,剪剪轻风阵阵寒③。
春色恼人眠不得④,月移花影上栏干。

① 夜直:夜间值宿。直,通"值"。
② 金炉:铜制香炉。金,金属的通称,这里指铜。漏声:铜壶滴漏之声。漏,古代滴水计时的器具。这句写铜炉中的香已经烧尽,滴漏声也快完了,说明作者夜深不寐。
③ 剪剪:形容微风轻拂。

④ 恼人：使人烦恼，撩拨人。

宋神宗熙宁元年（1068），王安石在京任翰林学士。当时制度，翰林学士每夜一人轮值，这首诗就是值宿时所作。诗中描写了春夜院中所见景色，用笔细腻而能空灵，且充分运用叠词等手法，于清丽幽远之中见出一缕淡淡的寂寞之感，境界优美。

本朝百年无事札子①

臣前蒙陛下问及本朝所以享国百年②，天下无事之故。臣以浅陋③，误承圣问④，迫于日晷⑤，不敢久留，语不及悉⑥，遂辞而退。窃惟念圣问及此⑦，天下之福，而臣遂无一言之献，非近臣所以事君之义⑧，故敢昧冒而粗有所陈⑨。

伏惟太祖躬上智独见之明⑩，而周知人物之情伪⑪，指挥付托，必尽其材；变置施设，必当其务。故能驾驭将帅⑫，训齐士卒⑬，外以扞夷狄⑭，内以平中国⑮。于是除苛赋，止虐刑，废强横之藩镇⑯，诛贪残之官吏。躬以简俭为天下先⑰，其于出政发令之间，一以安利元元为事⑱。太宗承之以聪武，真宗守之以谦仁，以至仁宗、英宗，无有逸德⑲。此所以享国百年，而天下无事也。

仁宗在位，历年最久，臣于时实备从官⑳，施为本末㉑，臣所亲见。尝试为陛下陈其一二，而陛下详择其可，亦足以申鉴于方今㉒。伏惟仁宗之为君也，仰畏天，俯畏人，宽仁恭俭，出于自然，而忠恕诚悫㉓，终始如一。未尝妄兴一役，未尝妄杀一人；断狱务在生之㉔，而特恶吏之残扰㉕；宁屈己弃财于夷狄㉖，而终不忍加兵；刑平而公，赏重而信；纳用谏官御史，公听并观㉗，而不蔽于偏至之谗㉘；因任众人耳目㉙，拔举疏远㉚，而随之以相坐之法㉛。盖监司之吏以至州县㉜,无敢暴虐残酷,擅有调发以伤百姓㉝;自夏人顺服㉞,蛮夷遂无大变,边人父子夫妇,得免于兵死,而中国之人,安逸蕃息㉟,以至今日者,未尝妄兴一役,未尝妄杀一人,断狱务在生之,而特恶吏之残扰,宁屈己弃财于夷狄,而不忍加兵之效也。大臣贵戚,左右近习㊱,莫敢强横犯法,其自重慎,或甚于闾巷之人,此刑平而公之效也。募天下骁雄横猾以为兵㊲,几至百万,非有良将以御之㊳,而谋变者辄败;聚天下财物,虽有文籍㊴,委之府史,非有能吏以钩考㊵,而断盗者辄发㊶;凶年饿岁,流者填道㊷,死者相枕㊸,而寇攘者辄得㊹,此赏重而信之效也。大臣贵戚,左右近习,莫能大擅威福,广私货赂,一有奸慝㊺,随辄上闻;贪邪横猾,虽间或见用,未尝得久,此纳用谏官御史,公听并观,而不蔽于偏至之谗之效也。自县令京官以至监司台阁㊻,升擢之任㊼,虽不皆得人，然一时之所谓才士，亦罕蔽塞而不见收举者[48]，此因任众人之耳目，拔举疏远，而随之以相坐之法之效也。升遐之日[49]，天下号恸[50]，如丧考妣[51]，此宽仁恭俭，出于自然，忠恕诚悫，终始如一之效也。

然本朝累世因循末俗之弊[52]，而无亲友群臣之议。人君朝夕与处，不过宦官女子；出而视事[53]，又不过有司之细故[54]，未尝如古大有为之君，与学士大夫讨论先王之法，以措之天下也[55]。一切因任自然之理势[56]，而精神之运[57]，有所不加；名实之间[58]，有所不察。君子非不见贵，然小人亦得厕其间[59]；正论非不见容，然邪说亦有时而用；以诗赋记诵求天下之士，而无学校养成之法；以科名资历叙朝廷之位，而无官司课试之方；监司无检察之人，守将非选择之吏；转徙之亟[60]，既难于考绩，而游谈之众[61]，因得以乱真[62]；交私养望者[63]，多得显官；独立营职者[64]，或见排沮[65]。故上下偷惰取容而已[66]，虽有能者在职，亦无以异于庸人。农民坏于徭役，而未尝特见救恤，又不为之设官，以修其水土之利。兵士杂于疲老[67]，而未尝申敕训练[68]，又不为之择将，而久其疆场之权[69]。宿卫则聚卒伍无赖之人[70]，而未有以变五代姑息羁縻之俗[71]。宗室则无教训选举之实，而未有以合先王亲疏隆杀之宜[72]。其于理财，大抵无法，故虽俭约而民不富，虽忧勤而国不强。赖非夷狄昌炽之时[73]，又无尧、汤水旱之变[74]，故天下无事，过于百年。虽曰人事，亦天助也。盖累圣相继[75]，仰畏天，俯畏人，宽仁恭俭，忠恕诚悫，此其所以获天助也。

伏惟陛下躬上圣之质[76]，承无穷之绪[77]，知天助之不可常恃[78]，知人事之不可怠终[79]，则大有为之时，正在今日。臣不敢辄废将明之义[80]，而苟逃讳忌之诛[81]，伏惟陛下幸赦而留神[82]，则天下之福也。取进止^⑬。

① 百年：指从宋太祖建隆元年（960）至宋神宗熙宁元年（1068），凡一百余年。札子：当时大臣用以向皇帝进言议事的一种文体；也有用于发指示的，如中书省或尚书省所发指令，凡不用正式诏命的，也称为札子，或称"堂帖"。

② 享国：享有国家。指帝王在位掌握政权。

③ 浅陋：见识浅薄。这里为自谦之词。

④ 误承：误受的意思。这里为自谦之词。圣：指皇帝。

⑤ 日晷（guǐ）：按照日影移动来测定时刻的仪器。这里指时间。

⑥ 悉：详尽。

⑦ 窃惟念：我私下在想。这和下文"伏惟"一样，都是旧时下对上表示敬意的用语。

⑧ 近臣：皇帝亲近的大臣。当时王安石任翰林学士，是侍从官。

⑨ 昧冒：即"冒昧"，鲁莽，轻率。这里为自谦之词。

⑩ 躬：本身具有。上智：极高的智慧。独见：独到的见解。

⑪ 周知：全面了解。

⑫ 驾驭(yù)：统率，指挥。

⑬ 训齐：使人齐心合力。

⑭ 扞：同"捍"，抵抗。夷狄：旧时指我国东部和北部的少数民族。这里指北宋时期建立在我国北方和西北方的契丹、西夏两个少数民族政权。下文"蛮夷"也是同样的意思。

⑮ 内以平中国：指宋太祖对内平定统一了中原地区。中国，指中原地带。

⑯ 废强横之藩镇：指宋太祖收回节度使的兵权。唐代在边境和内地设置节度使，镇守一方，总揽军政，称为藩镇。唐玄宗以后至五代时，藩镇强大，经常发生叛乱割据之事。宋太祖有鉴于此，使节度使仅为授予勋戚功臣的荣衔。

⑰ 躬：亲自。这里与上文"躬"字意思稍有区别。

⑱ 安利元元：使老百姓得到平安和利益。元元，老百姓。

⑲ 逸德：失德。

⑳ 实备从官：王安石在宋仁宗时曾任知制诰，替皇帝起草诏令，是皇帝的侍从官。

㉑ 施为本末：一切措施的经过和原委。

㉒ 申鉴：引出借鉴。

㉓ 诚悫(què)：诚恳。

㉔ 断狱：审理和判决罪案。生：指给犯人留有活路。

㉕ 恶（wù）：厌恨。吏之残扰：指官吏对百姓的残害、扰攘。

㉖ 弃财于夷狄：指北宋政府每年向契丹和西夏两个少数民族政权献币纳绢以求和之事。宋真宗景德元年（1004），北宋政府与契丹讲和，每年需向契丹献币纳绢。宋仁宗庆历二年（1042），宋又向契丹增加银绢以求和。庆历四年（1044），宋又以献币纳绢的方式向西夏妥协。王安石这里是替宋仁宗的屈服妥协曲为辩解的话。

㉗ 公听并观：多听多看。意即听取了解各方面的意见情况。

㉘ 偏至之谗：片面的谗言。

㉙ 因任众人耳目：相信众人的见闻。

㉚ 拔举疏远：提拔、起用疏远的人。疏远，这里指与皇帝及高官显贵关系不密切但有真实才干的人。

㉛ 相坐之法：指被推荐的人如果后来失职，推荐人便要受罚的一种法律。

㉜ 监司之吏：监察州郡的官员。宋朝设置诸路转运使、安抚使、提点刑狱、提举常平四司，兼有监察的职责，称为监司。

州县：指地方官员。

㉝ 调发：指征调劳役赋税。

㉞ 夏：我国西北党项族建立的政权，当时据有今甘肃、宁夏等地，宋人习惯称为西夏。

㉟ 安逸蕃息：休养生息。蕃，繁殖。

㊱ 左右近习：指皇帝周围亲近的人。

㊲ 骁（xiāo）雄横猾：指勇猛强暴而奸诈的人。

㊳ 御：统率，管理。

㊴ 文籍：帐册。

㊵ 钩考：查核。

㊶ 断盗者：贪污中饱的人。发：被揭发。

㊷ 流者填道：流亡的人塞满了道路。

㊸ 死者相枕：尸体枕着尸体。

㊹ 寇攘（rǎng）者：强盗。得：被抓获。

㊺ 奸慝（tè）：奸邪的事情。

㊻ 台阁：指执政大臣。

㊼ 升擢（zhuó）：提升。

㊽ 罕：少有。蔽塞：埋没。收举：任用。

㊾ 升遐（xiá）：对皇帝（这里指宋仁宗）死亡的讳称。

㊿ 号恸（tòng）：大声痛哭。

○51 考妣（bǐ）：称已死的父母。父为考，母为妣。

㊼ 累世：世世。因循末俗：沿袭着旧习俗。

㊽ 出而视事：指临朝料理国政。

㊾ 有司之细故：官府中琐屑细小的事情。

㊿ 措之天下：把它实施于天下。

56 自然之理势：客观形势。

57 精神之运：主观努力。

58 名实：名目和实效。

59 厕：参与。

60 转徙：调动官职。亟（qì）：频繁。

61 游谈之众：夸夸其谈的人。

62 乱真：混作真有才干的人。

63 交私养望者：私下勾结、猎取声望的人。

64 独立营职者：不靠别人、勤于职守的人。

65 排沮（jǔ）：排挤、压抑。

66 偷惰：偷闲懒惰。取容：指讨好、取悦上司。

67 杂于疲老：混杂着年迈力疲之人。

68 申敕（chì）：发布政府的命令。这里引申为告诫、约束的
意思。

69 久其疆场之权：让他们（指武将）长期掌握军事指挥权。

⑦ 宿卫：禁卫军。卒伍：这里指兵痞。

⑦ 五代：指北宋之前的后梁、后唐、后晋、后汉、后周五个朝代
（907—960）。姑息羁縻：纵容笼络、胡乱收编的意思。

⑦ 亲疏隆杀（shāi）之宜：亲近或疏远、恩宠或冷落的区别
原则。

⑦ 昌炽：昌盛。

⑦ 尧、汤水旱之变：相传尧时有九年的水患，商汤时有五年的
旱灾。

⑦ 累圣：累代圣君。这里指上文提到的宋太祖、太宗、真宗、
仁宗、英宗诸帝。

⑦ 躬上圣之质：具备最圣明的资质。

⑦ 承无穷之绪：继承永久无穷的帝业。绪，传统。

⑦ 恃：依赖，倚仗。

⑦ 怠终：轻忽马虎一直拖到最后。意思是最后要酿成大祸。

⑧ 将明之义：语出《诗·大雅·烝民》，意谓大臣辅佐赞理的
职责。将，实行。明，辨明。义，职责。

⑧ 苟：苟且。讳忌之诛：因触犯皇帝忌讳而受到的惩罚。

⑧ 赦（shè）：宽恕免罪。

⑧ 取进止：这是写给皇帝奏章的套语，意思是我的意见是否

妥当、正确，请予裁决。

　　本文作于熙宁元年（1068），是王安石从当时北宋王朝积弱积贫的实际出发，为宋神宗总结历史经验、阐明变法主张的一篇精心之作。

　　本文可以分为两个部分。在前一部分中，作者叙述并解释了从宋太祖至宋英宗这百余年间国内太平无事的情况和原因。作者首先回顾北宋立国以来的历史，赞颂宋太祖统一天下和改革弊政的业绩，暗示宋神宗应该继承这些传统，才能有所作为。接着，作者全面剖析了宋仁宗在位时政治措施的得失。宋仁宗在北宋诸帝中在位时间最长，北宋社会的种种弊端在他统治期间开始暴露，北宋王朝也在这时陷入积贫积弱的境地。王安石于仁宗在位时步入仕途，并位列从官，因此对仁宗朝的政治状况十分了解，有深切的认识，因此他的剖析极其深刻，有明确的针对性。他在"无事"题下谈"有事"，既顾全了先王的体面，又不违反自己的本意，褒中有贬，为后半部分揭露社会积弊埋下了伏笔，也为后半部分揭露的社会积弊找出了历史渊源。从而,使全文前后衔接,自然地转入后一部分。

在后一部分中,作者尖锐地揭示了当时在太平景象掩盖下的危机四伏的社会情况,诸如官僚机构的臃肿瘫痪、军队的软弱无力、财政的空虚困难,以及农民的贫困痛苦等等,从而说明了变法改革的必要性和迫切性。这是全文的重心。本文表现了王安石对现实政治的敏锐的观察和清醒的认识;同时表明他的主张变法,只是在封建制度内部对某些环节作些改革和调整,进而达到巩固赵宋王朝统治的目的。对于第二年开始的变法运动来说,本文无疑是吹起了一支前奏曲。

本文组织严密,条理清楚,层次分明,论述明白充分,具有很强的说服力。由于文中涉及宋神宗列祖列宗的评价,作者采用了明褒实贬的手法,欲抑先扬,措辞委婉得体。在语言方面,本文很好地运用了对偶、排比等手法,使字句音节铿锵,为文章生色不少。作为王安石政论文的代表作,本文也一直为后人所激赏,明人茅坤评云:"此篇极精神骨髓。荆公所以直入神宗之胁,全

在说仁庙(即仁宗)处,可谓搏虎屠龙手。"(《唐宋八大家文钞》卷八二)

答司马谏议书①

　　某启②:昨日蒙教③,窃以为与君实游处相好之日久④,而议事每不合,所操之术多异故也⑤。虽欲强聒⑥,终必不蒙见察,故略上报⑦,不复一一自辩;重念蒙君实视遇厚⑧,于反覆不宜卤莽⑨,故今具道所以⑩,冀君实或见恕也⑪。

　　盖儒者所争⑫,尤在于名实⑬。名实已明,而天下之理得矣。今君实所以见教者,以为侵官、生事、征利、拒谏、以致天下怨谤也⑭。某则以谓受命于人主⑮,议法度而修之于朝廷⑯,以授之于有司⑰,不为侵官;举先王之政⑱,以兴利除弊,不为生事;为天下理财,不为征利;辟邪说⑲,难壬人⑳,不为拒谏;至于怨谤之多,则固前知其如此也㉑。

人习于苟且非一日，士大夫多以不恤国事、同俗自媚于众为善㉒。上乃欲变此㉓，而某不量敌之众寡，欲出力助上以抗之㉔，则众何为而不汹汹然㉕？盘庚之迁㉖，胥怨者民也㉗，非特朝廷士大夫而已。盘庚不为怨者改其度㉘，度义而后动㉙，是以不见可悔故也㉚。

如君实责我以在位久，未能助上大有为，以膏泽斯民㉛，则某知罪矣；如曰今日当一切不事事㉜，守前所为而已㉝，则非某之所敢知㉞。无由会晤，不任区区向往之至㉟。

① 司马谏议：司马光，字君实，陕州夏县（今属山西）人，当时任右谏议大夫（负责向皇帝提意见的官）。他是北宋著名史学家，编撰有《资治通鉴》。神宗用王安石行新法，他竭力反对。元丰八年（1085），哲宗即位，高太皇太后听政，召他主国政。次年为相，废除新法。为相八个月病死，追封温国公。

② 某：自称。启：写信说明事情。

③ 蒙教：承蒙指教。这里指接到来信。

④ 窃：私，私自。这里用作谦词。君实：司马光的字。古人写信称对方的字以示尊敬。游处：同游共处，即同事交往的意思。

⑤ 操：持，使用。术：方法，主张。

⑥ 强聒（guō）：硬在耳边啰嗦，强作解说。聒，语声嘈杂。

⑦ 略：简略。上报：给您写回信。指王安石接到司马光第一封来信后的简答。

⑧ 重（chóng）念：再三想想。视遇厚：看重的意思。视遇，看待。

⑨ 反覆：指书信往来。卤莽：简慢无礼。

⑩ 具道：详细说明。所以：原委。

⑪ 冀：希望。

⑫ 儒者：这里泛指一般封建士大夫。

⑬ 名实：名义和实际。

⑭ 怨谤：怨恨，指责。

⑮ 人主：皇帝。这里指宋神宗赵顼。

⑯ 议法度：讨论、审定国家的法令制度。修：修订。

⑰ 有司：负有专责的官员。

⑱ 举：推行。

⑲ 辟邪说：驳斥错误的言论。辟，驳斥，排除。

⑳ 难(nàn)：责难。壬(rén)人：佞人，指巧辩谄媚之人。

㉑ 固：本来。前：预先。

㉒ 恤(xù)：关心。同俗自媚于众：指附和世俗的见解，向众人献媚讨好。

㉓ 上：皇上。这里指宋神宗赵顼。乃：却。

㉔ 抗：抵制，斗争。之：代词，指上文所说的"士大夫"。

㉕ 汹汹然：吵闹、叫嚷的样子。

㉖ 盘庚：商朝中期的一个君主。商朝原来建都在黄河以北的奄(今山东曲阜)，常有水灾。为了摆脱政治上的困境和自然灾害，盘庚即位后，决定迁都到殷(今河南安阳西北)。这一决定曾遭到全国上下的怨恨反对。后来，盘庚发表文告说服了他们，完成了迁都计划。事见《尚书·盘庚》。

㉗ 胥(xū)怨：全都抱怨。胥，皆。

㉘ 改其度：改变他原来的计划。

㉙ 度(duó)义：考虑是否合理。度，考虑，这里用作动词。

㉚ 是：这里用作动词,意谓认为做得对。

㉛ 膏泽：施加恩惠,这里用作动词。

㉜ 一切不事事：什么事都不做。事事,做事。前一"事"字是动词,后一"事"字是名词。

㉝ 守前所为：墨守前人的作法。

㉞ 所敢知：愿意领教的。知,领教。

㉟ 不任区区向往之至：意谓私心不胜仰慕。这是旧时写信的客套语。不任,不胜,受不住,形容情意的深重。区区,小,这里指自己,自谦词。向往,仰慕。

　　这封信写于熙宁三年（1070）。当时正值新法在激烈的斗争中迅速推行,司马光一方面要求宋神宗取消"青苗法"；一方面以老朋友的身份,用劝勉、威胁的语调,在这年春天接连三次写信给王安石,要求废除新法,以阻挠改革。他在信中指责王安石特设"制置三司条例司"负责制定新法是侵犯其他官员的职权；派遣官吏到各地去推行新法是惹事生非；"青苗法"等新法只是征敛财富的手段；还批评王安石拒不接受反对派的意见。这就是所谓"侵官"、"生事"、"征利"、"拒谏"的四大罪状。司马光的第一封信写于这年的二月二十七日，全文长达三千余字。王安石接到这封信后，略作回答，不跟他一一辩论。司马光又写第二封信给他，王安石这才写了这封回信。

王安石在这封信中，首先驳斥了司马光对新法的批评和指责。针对司马光来信中的四点责难，他逐一加以批驳；尤对"怨诽之多"的原因详加剖析。王安石痛斥了当时的士大夫"不恤国事、同俗自媚于众"的恶习，并举盘庚迁都的史实来作为自己变法的榜样，表明了自己不同流俗、不畏人议的无畏精神和倔强性格。最后，针对司马光来信中责备他"未能大有为"的话，明说"知罪"，实是巧妙的反击，再次表达了自己推行新法的鲜明态度和坚定立场。

本文从形式上看，虽是书信体裁，但实质上却是一篇短小精悍的政论文。文字简洁明快，说理精辟犀利。行文措词虽力图委婉，但仍然体现出峭折刚劲的特色。

元 日

爆竹声中一岁除①，春风送暖入屠苏②。
千门万户曈曈日③，总把新桃换旧符④。

① 一岁：一年。除：去，逝去。

② 屠苏：酒名，用屠苏草浸泡而成，据说饮了可辟瘟疫。旧时
元日有饮屠苏酒的风俗。

③ 曈（tóng）曈：太阳初升时的样子。

④ 桃符：古时风俗，元旦用桃木板写神荼、郁垒二神名，悬挂
门旁，以为能压邪。五代时开始在桃符上题联语，后发展
为春联，故也以桃符为春联的别名。

　　这首七绝描写元日（农历正月初一）人们喜迎佳节
的情景。作者在诗中抓住了春节民俗的特征，如燃放爆
竹，欢送旧年；春风送暖，饮屠苏酒；更换春联，除旧布新
等等，加以概括的描写，通篇洋溢着喜庆的基调，反映了
作者开始推行新法、实行改革时的欢快心情，当是变法

初期所作。诗的后两句虽描写迎新之景,但也表现了新的事物必然代替旧的事物这一规律,颇具哲理。

众　人

　　众人纷纷何足竞①,是非吾喜非吾病②。颂声交作莽岂贤③,四国流言且犹圣④。惟圣人能轻重人⑤,不能铢两为千钧⑥。乃知轻重不在彼⑦,要之美恶由吾身⑧。

① 众人:这里主要指反对新法的人。竞:争,这里指争论,计较。
② 是:以……为是。喜:高兴。非:以……为非。下当略一
　 "非"字。病:担忧。
③ 莽:王莽(前45—23),字巨君,西汉元帝王皇后之侄,汉平
　 帝时为大司马、领尚书事,权倾天下。《汉书·平帝纪》载:
　 时"群臣奏言大司马莽功德比周公,赐号安汉公",一时"颂
　 声并作"。后篡汉建立新朝,劳役频繁,民不聊生,遭农民
　 起义军推翻,被杀。

④ 四国：指西周初管、蔡、商、奄四个诸侯国。旦：姬旦，即周
公，周武王之弟，成王之叔。成王幼年即位，由周公摄政，
其弟管叔、蔡叔等造谣攻击他，后与商国国君武庚等起兵
反周。周公东征，杀武庚、管叔，放逐蔡叔，平定叛乱。这
两句的意思是：王莽虽然曾被人们交口称颂，岂能算作贤
者；周公尽管遭到四个诸侯国的流言攻击，但他还是一个
圣人。

⑤ 轻重：用作动词，指正确地衡量轻重高下。

⑥ 铢（zhū）两：比喻分量轻。铢，古代重量单位，为一两的二
十四分之一。千钧：比喻分量重。钧，古代重量单位，为三
十斤。这两句说：只有圣人才能正确地衡量人，不会把铢
两之轻当作千钧之重。

⑦ 彼：指"众人"。

⑧ 美恶：好坏，优劣。这两句说：可知衡量一个人，并不取决
于"众人"的议论；是好是坏，关键决定于自己本身的言行。

　　王安石推行新法后，遭到了来自多方面的围攻，他
以"天变不足畏，祖宗不足法，人言不足恤"的精神，与
反对派展开斗争。这首诗就表现了他的这种大无畏精

神。作者在诗中表达了自己对"众人"议论新法的观点不与之争论,不为之喜忧的态度;并引史实,暗以古代贤相周公自比,对自己倡导并推行的新法充满了信心。诗中体现了王安石执拗不屈的个性。全诗以议论出之,多用虚字,显示出宋诗的风格特点。

孟　子

沉魄浮魂不可招①,遗编一读想风标②。

何妨举世嫌迂阔③,故有斯人慰寂寥④。

① 沉魄浮魂:指逝去的魂魄。魂魄,古时谓人的精神灵气,人死后,魂升于天,魄入于地。不可招:指人死不能复生。招,指古代"招魂"的习俗。

② 遗编:指《孟子》一书。风标:犹风度、品格。

③ 举世:世上所有的人。迂阔:迂腐而不切实际。

④ 故:固,毕竟。斯人:此人,指孟子。寂寥:寂寞。

　　王安石对孟子这位在历史上地位仅次于孔子的儒家学派的大师十分敬仰，并以继承和发扬孟子的学术事业为己任。孟子在战国时代为宣扬儒家学说而被人目为"迂阔"，正与王安石在当时为宣传改革主张而被人目为"迂阔"一样。王安石视孟子为异代知音，在这首以《孟子》为题的小诗中，他好似在与孟子晤谈：你逝去的魂魄，虽然不能再招回来；但一读你的遗著，就能想见你的风度、品格。何妨世上的人都嫌我迂阔，毕竟有你在寂寞中给我以安慰。王安石认为自己是真正理解孟子的，因此他以孟子作为自己在逆境中的精神慰藉。这首诗可能作于王安石变法遭到"众人"非议时，他以怀古来作为自励，在怀古诗中融入了自己真实的情感。

商　　鞅①

　　自古驱民在信诚②，一言为重百金轻③。
今人未可非商鞅④，商鞅能令政必行⑤。

① 商鞅（？—前338）：姓公孙，名鞅。原为卫国人，后入秦辅佐孝公变法，因功封于商，号为商君，故又叫商鞅。孝公死，被诬谋反，遭车裂。

② 驱民：驱使百姓，即统治百姓的意思。信诚：诚实守信。

③ 金：古代计算货币的单位，秦以一镒（二十两）为一金。《史记·商君列传》载，商鞅准备颁布新法令，恐人不信，便先立三丈之木于都市南门，募民有能移置北门者给予重金，以示不欺。

④ 非：否定。

⑤ 政必行：即有令必行、有禁必止的意思。政，政策、法令。

　　商鞅是古代一位著名的改革家，但在北宋曾被保守派作为"刻薄寡恩"的典型而遭否定。当时反对变法的人也把王安石比作商鞅，所以王安石写了这首诗予以反击。王安石在诗中高度赞颂商鞅讲求信诚、令行禁止的治政方针，对于保守派攻击商鞅的言论作了旗帜鲜明的驳斥，反映了作者要效法商鞅、坚持改革的决心。

贾　生^①

一时谋议略施行^②，谁道君王薄贾生^③？
爵位自高言尽废^④，古来何啻万公卿^⑤！

① 贾生：即贾谊（前200—前168），洛阳（今属河南）人。二十
余岁召为博士，一年中升至太中大夫。他主张改革政制，
颇得汉文帝赏识。后遭大臣谗毁，贬为长沙王太傅，又转
梁怀王太傅。怀王坠马死，他郁郁自伤以终。

② 略：大致，差不多。据《汉书·贾谊传》载，当时贾谊提出的
更定法令等建议，多为文帝采纳，所谓"谊之所陈，略施行
矣"。

③ 君王：指汉文帝刘恒（前179—前157在位）。薄：轻视，
亏待。

④ 爵位：官爵和职位。废：弃置，废弃。

⑤ 何啻（chì）：何止。啻，仅，止。公卿：泛指达官贵人。

贾谊是西汉杰出的政论家和文学家，他怀才不遇、

郁郁而终的身世，千古以来一直为人们所同情和叹惜。
王安石的这首诗，却纵观史实，从一个崭新的角度提出
了自己独特的看法，认为贾谊能在一段时间内使皇帝采
纳、施行了自己的谋略和建议，比起历史上许多身居高
位而无人听从其意见的达官贵人来说，不能说是不幸
的。王安石的这一看法显然高出了只把名利地位视作
成功标志的一般看法。只要能为国谋事，实现自己的抱
负，就不必在乎名利，这就是王安石的想法，显示了一个
政治家的素质。

壬　子　偶　题[①]

黄尘投老倦匆匆[②]，故绕盆池种水红[③]。
落日欹眠何所忆[④]，江湖秋梦橹声中。

① 壬子：熙宁五年为农历壬子年。这首诗题下有作者自注：
"熙宁五年东府庭下作盆池，故作。"东府是他为相时所居
的地方。

② 黄尘：指世俗，世间。投老：到老，临老。

③ 水红：草名，生池塘草泽中。

④ 欹（qī）眠：斜躺着睡。欹，通"敧"，倾斜。

　　这首诗作于熙宁五年（1072）。王安石自熙宁二年（1069）任右谏议大夫、参知政事、次年为相以来，一直处于北宋政府的权力中心，倾注全部精力于变法运动。在变法过程中，充满着激烈复杂的斗争，这使他感到了疲倦。熙宁五年，他向宋神宗提出辞呈，被神宗挽留。这首诗就表达了他当时已倦于政治生活和向往江湖生活的心情。

祭欧阳文忠公文①

　　夫事有人力之可致②，犹不可期③；况乎天理之溟漠④，又安可得而推⑤？惟公生有闻于当时，死有传于后世，苟能如此足矣，而亦又何悲？

如公器质之深厚⑥,智识之高远,而辅学术之精微⑦,故充于文章⑧,见于议论⑨,豪健俊伟,怪巧瑰琦⑩。其积于中者,浩如江河之停蓄;其发于外者,烂如日星之光辉。其清音幽韵,凄如飘风急雨之骤至⑪;其雄辞闳辩⑫,快如轻车骏马之奔驰。世之学者,无问乎识与不识,而读其文,则其人可知。

呜呼!自公仕宦四十年⑬,上下往复⑭,感世路之崎岖,虽屯邅困踬⑮,窜斥流离⑯,而终不可掩者,以其公议之是非⑰。既压复起,遂显于世⑱。果敢之气⑲,刚正之节⑳,至晚而不衰。

方仁宗皇帝临朝之末年㉑,顾念后事㉒,谓如公者,可寄以社稷之安危㉓。及夫发谋决策,从容指顾㉔,立定大计,谓千载而一时㉕。功名成就,不居而去㉖。其出处进退㉗,又庶乎英魄灵气㉘,不随异物腐散㉙,而长在乎箕山之侧与颍水之湄㉚。然天下之无贤不肖,且犹为涕泣而戏欻^㉛，而况朝士大夫，平昔游从^㉜，又予心之所向慕而瞻依^㉝？

呜呼！盛衰兴废之理，自古如此。而临风想望，不能忘情者，念公之不可复见，而其谁与归^㉞。

① 欧阳文忠公：即欧阳修，死后谥"文忠"。

② 致：做到。

③ 犹：还。期：期待。

④ 溟漠：幽昧，渺茫。

⑤ 推：推求，推知。

⑥ 器质：指器度和资质。

⑦ 辅：助。

⑧ 充：充满，充实。

⑨ 见（xiàn）：同"现"，表现，显现。

⑩ 瑰琦：美玉。这里形容事物、文章的奇特美好，卓异不凡。

⑪ 凄：寒凉。飘风：暴风。

⑫ 闳（hóng）：宏大。

⑬ 仕宦四十年：指欧阳修自宋仁宗天圣八年（1030）中进士任西京（今河南洛阳）留守推官，至神宗熙宁四年（1071）致仕，正好四十年。

⑭ 上下往复：指官位的上升下降，屡经变化。

⑮ 屯邅（zhūn zhān）：处境困难。屯，也作"迍"，困难。邅，曲回。语出《易·屯》："屯如邅如。"踬：跌倒。

⑯ 窜斥：放逐。流离：辗转流亡，离散。

⑰ 公议：指社会舆论。

⑱ "既压"二句：指欧阳修于宋仁宗景祐三年（1036）因营救范仲淹而被贬为夷陵（今湖北宜昌）令，直到康定元年（1040）才被召回朝中。从此他就逐渐显达，受到重用。嘉祐五年（1060），他从翰林学士升为枢密副使、参知政事，遂成为北宋名臣。

⑲ 果敢之气：勇于决断的气概。

⑳ 刚正之节：刚强正直的节操。

㉑ 临朝：执政。

㉒ 顾念后事：考虑身后的事情。

㉓ 社稷：指国家。

㉔ 指顾：手指目顾。

㉕ 千载而一时：一时间建立了千年的功勋。也可解说为千年难得的时机。以上写欧阳修于嘉祐六年（1061）以参知政事的身份，与宰相韩琦一起奏请宋仁宗立嗣子赵曙为太子。嘉祐八年（1063）三月，仁宗病死，欧阳修等又辅赵曙即位，是为宋英宗。

㉖ 不居而去：不居功而去职（辞官）。

㉗ 出处：出仕和隐退。

㉘ 庶乎：几乎，大概。

㉙ 异物：他物，指尸体。

㉚ 箕山：在今河南登封县东南。颍水：发源于河南登封县境内的颍谷。湄：水滨。相传尧、舜时的高士巢父、许由曾在这里隐居。本文泛指隐士居住的地方。

㉛ 歔欷（xū xī）：哭泣时的抽噎声。

㉜ 平昔游从：平素相处追随。

㉝ 瞻依：瞻仰，依恋。

㉞ 其谁与归：将跟谁一道呢？其，将。归，同一趋向。

　　宋神宗熙宁五年（1072）八月，已经退休的欧阳修在颍州（今安徽阜阳）逝世，终年六十六岁。王安石当时在京为相,闻讯后写下了这篇祭文。

王安石与欧阳修之间,有着非常深厚的友谊。欧阳修对王安石的诗文十分欣赏,并为他推荐延誉。王安石对欧阳修也非常崇敬,以他作为自己的表率。熙宁初,王安石推行新法,欧阳修时正出知青州。长期的宦海浮沉,使欧阳修意志趋向消极;同时,由于对改革内容和方法等的理解不同,欧阳修对新法没有表示赞同。熙宁三年(1070),他在青州上疏反对推行青苗法,并指出了青苗法推行过程中出现的弊病。次年,他便以观文殿学士、太子少师致仕,退居颍州,直至逝世。综观欧、王两人交游始末,基本上是义兼师友,以致清人全祖望称王安石为"庐陵门人"(《增补宋元学案》卷九八)。

本文高度概括了欧阳修一生的经历,称颂了他的道德品质、学术文章和气概节操,表达了王安石对他的深切怀念之情。文章首先指出欧阳修生前能闻名当时,死后能流芳后世,这是对他最好的吊慰;接着分别从文章、才德两个方面对欧阳修作了称颂,并突出描写了欧阳修的刚正果敢的气节和发谋决策的功绩;最后,通过描写天下之士对欧阳修的悼念，进一步强调了作者的深切怀念之情。文章多用排偶句，韵律和谐。

本文以气为主，不事雕琢，感情真挚，文势豪健，达到了情见乎辞、情辞合一的艺术境界。在当时众多的祭奠欧阳修的文章中，这是得到较高评价的一篇。如明人茅坤评云："欧阳公祭文，当以此为第一。"（《唐宋八大家文钞》卷九六）清人蔡上翔评云："欧公之其人其文，其立朝大节，其坎坷困顿，与夫平生知己之感，死后临风想望之情，无不具见于其中。"（《王荆公年谱考略》卷一七）由本文也可见王安石知欧阳修之深。

次韵平甫金山会宿寄亲友①

天末海门横北固②，烟中沙岸似西兴③。已无船舫犹闻笛④，远有楼台只见灯。山月入松金破碎，江风吹水雪崩腾⑤。飘然欲作乘桴计⑥，一到扶桑恨未能⑦。

① 次韵：犹言步韵，依原诗韵脚而作。金山：在今江苏镇江
  市西北，上有金山寺等名胜。原处于长江中，去金山靠船
  摆渡。至清代因泥沙淤积而与南岸相通。

② 天末：犹言天边。北固：北固山，在镇江东北。三面临江，
  北望海口，形势险要，故称"北固"。

③ 西兴：西兴镇，在今浙江萧山境内，是王安石旧游之地。

④ 船舫(fǎng)：指游船。舫，船。

⑤ 崩腾：波涛汹涌的样子。

⑥ 飘然：轻快的样子。乘桴(fú)：乘着木筏。

⑦ 扶桑：神话中日出的地方。

　　王安石的长弟王安国字平甫，熙宁元年(1068)赐
进士及第，熙宁七年(1074)病卒。安国以诗才名闻一
时，与安石唱和最多。他有金山会宿诗寄亲友，因此，
安石作了这首次韵诗。这首诗描绘金山及其周围的
壮丽景色，写出了金山的特点。首句写北固山像大海
的门户横亘天边，想象奇特，给人以鲜明的印象。颈
联写山上松林中透下的月光如洒下的碎金，晚风吹起

江中阵阵的波涛如积雪崩落,比喻更是生动形象。如此壮丽景色,使作者忽发奇想,要乘着木筏去扶桑一游,但恨自己又不可能实现这一愿望。尾联的遗憾,实际上是赞叹的极致。全诗对偶精严,章法井然,毫无"次韵"之作常见的拘谨板滞之病,显示出作者深厚的艺术功力。

泊 船 瓜 洲①

京口瓜洲一水间②,钟山只隔数重山③。

春风又绿江南岸,明月何时照我还?

① 瓜洲:在今江苏邗江县南、大运河入长江处,位于长江北岸,是著名的古渡口。

② 京口:今江苏镇江,位于长江南岸。一水间(jiàn):隔着一道江面。这里形容舟行迅疾。

③ 钟山:紫金山,位于今江苏南京市东北郊。

宋神宗熙宁八年（1075）二月，王安石第二次拜相入京，舟次瓜洲，写下了这首诗。王安石初次拜相时，因推行新法遭到围攻，以致不得不被罢相回金陵，因此这次复相进京，不能不使他顾虑重重。这首诗触景生情，既反映出他对复相进京的喜悦心情，又表现出他对故乡的依恋，表达了希望早日身退、投老山林的心愿。

这首诗看似信口而成，实际上却经过了作者的反复推敲。第三句中的"绿"字用作动词，把看不见的春风转换成鲜明的视觉形象，写出了春风的精神，极富表现力。这一字据洪迈《容斋续笔》记载，王安石在草稿上改了十几次，先后用"到"、"过"、"入"、"满"等字，最后才决定用"绿"字。这充分反映了王安石严谨的创作态度。

周 礼 义 序

士弊于俗学久矣①，圣上闵焉②，以经术造之③，乃集儒臣，训释厥旨④，将播之校学⑤，而臣某实董《周官》⑥。

惟道之在政事，其贵贱有位，其后先有序，其多寡有数，其迟数有时⑦。制而用之存乎法，推而行之存乎人。其人足以任官，其官足以行法，莫盛乎成周之时⑧；其法可施于后世，其文有见于载籍⑨，莫具乎《周官》之书⑩。盖其因习以崇之⑪，庚续以终之⑫，至于后世，无以复加。则岂特文、武、周公之力哉⑬？犹四时之运，阴阳积而成寒暑，非一日也⑭。

自周之衰，以至于今，历岁千数百矣。太平之遗迹，扫荡几尽，学者所见，无复全经。于是时也，乃欲训而发之，臣诚不自揆⑮，然知其难也。以训而发之之为难，则又以知夫立政造事追而复之之为难。然窃观圣上致法就功⑯，取成于心⑰，训迪在位⑱，有冯有翼⑲，亹亹乎乡六服承德之世矣⑳。以所观乎今，考所学乎古㉑，所谓见而知之者㉒。臣诚不自揆，妄以为庶几焉㉓，故遂昧冒自竭㉔，而忘其材之弗及也。

谨列其书为二十有二卷，凡十余万言。上之御府㉕，副在有司㉖，以待制诏颁焉。谨序。

① 士：士子，即读书人。弊：欺骗，蒙蔽。

② 闵：通"悯"，怜惜。

③ 造：造就。

④ 训释：解释。厥：代词，犹"其"。

⑤ 播：传播。

⑥ 董：督察，负责。

⑦ 其迟数有时：它的快慢有一定的时间。迟数，即快慢。数，同"速"。

⑧ 成周：指西周初年成王姬诵时代。成王即位时尚年幼，由叔父周公旦摄政。周公建立了周王朝的典章制度，又主张"明德慎刑"，以缓和阶级矛盾。成王及其子康王姬钊相继推行这一政策，加强了统治，史称为"成康之治"。

⑨ 载籍：书籍。

⑩ 具：完备。

⑪ 因习：沿习。崇：推重。

⑫ 庚续：继续。庚，同"赓"。终：完成。

⑬ 文：指周文王姬昌，商末周族领袖，统治期间，国势强盛。武：指周武王姬发。继承其父文王遗志，灭商，建立西周王朝。他和周文王均被认为是古代贤明的君主。周公：姓姬，名旦。周文王之子，周武王之弟。因采邑在周（今陕西岐山北），称为周公。曾助武王灭商。武王死后，成王年幼，由他摄政。

⑭ "犹四时之运"三句：意谓好比四时的运行，在于阴阳两种自然现象积久而造成了寒暑的变化，并非是一天就能形成的。

⑮ 揆（kuí）：度量。

⑯ 致：引来。就：求。

⑰ 取成：选取成功的经验。

⑱ 训迪在位：语出《书·周官》："训迪厥官。"意谓教诲开导在位的官吏。

⑲ 有冯有翼：语出《诗·大雅·卷阿》。冯，通"凭"，依靠。翼，辅助。

⑳ "亹（wěi）亹乎"句：语出《书·周官》："六服群辟，罔不承德。"亹亹，勤勉的样子。乡，通"向"，趋向。六服，指除去少数民族居住地的中原地区。服，古代称王畿外围的地方，因此称全国为九服。

㉑ 考：考核。

㉒ 见而知之：语出《孟子·尽心下》："由尧、舜至于汤，五百有余岁，若禹、皋陶，则见而知之；若汤，则闻而知之。"孟子的意思是说五百年左右必有圣人出现，如禹、皋陶为尧、舜之臣，是亲眼见到尧、舜而得知他们所行之大道的；至于商汤之于尧、舜，相离五百余年，只听知尧、舜之道遵而行之。

㉓ 庶几：差不多。

㉔ 昧冒：冒昧。

㉕ 御府：皇府。

㉖ 副：书籍的复本，这里作动词用。

熙宁初，王安石执政后，开始推行新法。为了给新法寻找理论根据，以对付反对派的攻击，熙宁六年（1073）三月，宋神宗下诏设置经义局，由王安石提举，变法派的中坚人物知制诰吕惠卿兼修撰，王安石之子王雱兼同修撰，撰修《诗》、《书》、《周礼》三经义。熙宁八年（1075）六月，《诗义》、《书义》、《周礼义》修成，合称《三经新义》，神宗下诏颁布于学官。王安石为这三部著作各写了一篇序。本文就是他为《周礼义》一书写的序，作于熙宁八年。

《周礼》是儒家的重要经典之一。该书以记述各种官职形式来阐明制度，所以后来又称作《周官》，传为周公旦所作。其实，它是以西周、春秋的政治制度为基础，经过整齐划一，按照儒家的思想标准，加以系统化、理想化而编成的，因而为后人所重视。王安石在变法运动中，就以《周礼》作为推行经济改革的依据。他在《答曾公立书》中就指出："一部《周礼》，理财居其半，周公岂为利哉？"所以，前人指出："安石之意，本以宋当积弱之后，而济之以富强，又惧富强之说，必为儒者所排击，于是附会经义，以钳儒者之口。"（《四库全书总目提要·周官新义》）

王安石在本文中，首先叙述了修撰的缘起，明确指出"惟道之在政事"，即认为儒家之道的本质在于经邦

济世,安危治乱;随后概括了经义大旨,重申了修撰经义
的必要性。文章句式整齐,峻急直下,前后照应,篇法严
密。同时,文中造句用词也多采之于儒家经典,在峻峭
刚直的风格中,又融入了温醇典雅的色彩,比较全面地
体现了王安石散文的特色,是他后期散文的代表作
之一。

六、退隐钟山(1076—1086)

熙宁九年(1076)冬,王安石又回到了金陵。从这时至元祐元年(1086)夏逝世为止,他一直在钟山过着退隐的生活。他生命中的最后十年,是在相对平和的氛围中度过的。

王安石辞相后,仍带着尚书左仆射、同中书门下平章事、判江宁府的官职,但他始终没有去知府衙门视事。回金陵后不久,他便上章辞免使相判江宁府的官职。熙宁十年六月,神宗同意了王安石的请求,让他以使相为集禧观使。元丰元年(1078)正月,王安石被封为舒国公。舒州是王安石曾经为官多年的地方。抚今思昔,他感慨万端,写下了《封舒国公三绝》。其一云:

陈迹难寻天柱源,疏封投老误明恩。国人欲识
公归处,杨柳萧萧白下门。

白下为南京的别称。诗中表达了作者对故地的怀念之情。元丰三年(1080)九月,宋朝对官制进行改革,改正官名,王安石被改封为荆国公,从此世称其为荆公。

由于脱离了繁重的政治活动,王安石这时对世事开始产生了一种超然的态度,生活方式也发生了一些显著变化。这时,他常常与友人一起去览赏山水,赋诗唱和,所谓"聊为山水游,以写我心情"(《与望之至八功德水》),发抒心中郁闷的心绪,在山水中寻求寄托。他还多次去寻访寺僧,诵诗谈佛,寻求一种禅悦的境界,在现实世界中求得心灵的超脱。

王安石这次回金陵后,在住所白塘营建了一座庭园。这里地处江宁府城东门和钟山正中,离两地各七里。由于这里在由城东门去钟山的半道,王安石将这个园子定名为"半山园",遂自号"半山居士",世人也因此称他为"半山老人"。半山园以前地势较低,常以积水为患。王安石在这里修盖了几间房屋,种植了一些树

木;还凿渠决水,把经常积水的洼地浚为池塘,稍稍作成了一个家庭小园的样子。他饶有兴致地记叙了营建半山园的经过:

今年钟山南,随分作园囿。凿池构吾庐,碧水寒可漱。沟西雇丁壮,担土为培塿。扶疏三百株,莳棘最高茂。不求鹓雏实,但取易成就。中空一丈地,斩木令结构。五楸东都来,斸(zhú)以绕檐溜。老来厌世语,深卧塞门窦。赎鱼与之游,喂鸟见如旧。独当邀之子,商略终宇宙。更待春日长,黄鹂哢(lòng)清昼。(《示元度》)

王安石为这里"山花如水净,山鸟与云闲"(《两山间》)的景色所陶醉,似乎在奋斗了大半辈子后,终于找到了可以卸下心理重荷、放松疲惫的身心的地方,感到了由衷的欣喜,所谓"梦想平生在一丘,暮年方得此优游"(《寄吴氏女子》),就是他这时的心声,表达了他营造了半山园、实现了归宿江湖后的愉悦心情。

晚年的王安石隐居钟山,览赏山水,诵诗谈佛,似乎与唐代王维、白居易这类诗人相似。王维和白居易等人，在政治上受到挫折后就趋于消极、颓唐，从佛教中寻求解脱。如王维诗云："晚年惟好净，万事不关心"（《酬张少府》）；"一生几许伤心事，不向空门何处销?"（《叹白发》）作为一个曾经执着于世事的政治家，王安石毕竟与王维、白居易这类诗人不同，他未能纯然地遗世独立。在"万事黄粱欲熟时，世间谈笑谩相随。鸡虫得失何须算，鹏鷃逍遥各自知"（《万事》）的超脱态度后，却蕴藏着他多少的不平和愤慨。与他在朝时正相反，王安石这时却身在江湖，心忧魏阙，时刻关注着政局的变化，所谓"尧舜是非时入梦，固知余习未全忘"（《杖藜》）；因此，他"长恐诸侯客子来"，"每逢车马便惊猜"（《偶书》）。在他隐居生活的初期，王安石还继续修订他精心修撰的著作《三经新义》，撰写《字说》，为新法提供理论根据。元丰三年（1080）八月，他向神宗上《乞改三经义误字札子二道》。元丰五年（1082），《字说》完成，他又将此书进呈神宗，并写了《熙宁字说序》一文，明确地说明他写此书的目的在于"法先王"而"一道德"，即为现实政治服务。这年是王安石退隐钟山后的第六个年头，他为此写了这样一首诗：

> 六年湖海老侵寻，千里归来一寸心。西望国门搔短发，九天宫阙五云深。（《六年》）

诗中充分表现了他这时人在江湖心系魏阙的复杂心情。这时期，他还写了不少咏物诗，借物抒怀，表现出自己的好尚和追求。他笔下的孤桐是"凌霄不屈己"（《孤桐》）的形象；他歌咏的古松具有"高入青冥不附林"（《古松》）的品格。其《梅花》诗云：

> 墙角数枝梅，凌寒独自开。遥知不是雪，为有暗香来。

诗中的梅花既是咏梅，也是自况。《北陂杏花》诗云：

> 一陂春水绕花身，花影妖娆各占春。纵被春风吹作雪，绝胜南陌碾成尘。

诗人借杏花的形象，表现出自己为理想不惜献身的精神。故清人吴之振云："安石遣情世外，其悲壮即寓闲澹之中。"(《宋诗钞》)这确实是颇有眼力的评论。

元丰六年(1083)冬,王安石生了一场重病,直到次年春天才有好转。这场大病,使王安石日趋沉寂的心境更趋于消极,本已有的佛学爱好更发展成了佛教信仰。这时,他由前期的"以佛济儒"转变成向佛教寻求解脱,"问义曹溪室,捐书阙里门"(《与宝觉宿僧舍》),"愿临真觉之道场,亲受云门之法印"(《请秀长老疏》),不仅创作了不少充满佛教说教意味的诗文,还撰写了《楞严经疏解》等佛学著作。在佛教思想的影响下,王安石也开始有了人生如梦的虚无思想,感叹"是身犹梦幻,何物可攀缘"(《宿北山示行详上人》),"壤壤生死梦,久知无可拣"(《车载板》)等,因此,他觉得多年以来经营的半山园及周围的田产,都是累赘之物。元丰七年(1084)六月,王安石向神宗上疏,请求将自己的田产割入蒋山(即钟山)太平兴国寺,以所收岁课为已故的父母和长子王雱"营求功德","永远追荐"(《乞将田割入蒋山常住札子》);又将所居半山园舍为僧寺,并乞神宗赐以寺额(《乞以所居园屋为僧寺并乞赐额札子》)。神宗答应了他的请求,并赐寺额为"报宁禅寺"。于是,这年秋天,王安石一家搬到江宁府城内,在秦淮河畔租了一个小院居住。王安石几乎料理好了一切,想平静地度过余生。

然而,作为一个政治家,王安石的一生似乎注定要与宁静的生活无缘。宋代政坛上的一场巨变开始降临。元丰八年(1085)三月,宋神宗病逝,年仅三十八岁。神宗在位十八年,励精图治,与王安石一起倡导了变法运动。神宗视王安石为师友,与他君臣相得,在历代帝王中是少见的。两人的关系,诚如陆佃在《神宗皇帝实录叙论》一文中所说:

> 熙宁之初,锐意求治,与王安石议政,意合,即倚以为辅,一切屈己听之。更立法度,拔用人才,而耆旧多不同。于是,人言沸腾,中外皆疑,虽安石不能自保,亦乞罢政事,然上独用之,确然不疑。安石性刚,论事上前有所争辩时,辞色皆厉,上辄改容为之欣纳。盖自三代而后君臣相知,义兼师友,言听计从,了无形迹,未有若兹之盛也。及安石罢相,上

　　揽纲柄，而自为之，益加励精。

　　王安石在金陵听到这一噩耗后，非常悲伤，写了两首挽词，称颂了神宗"一变前无古"的功绩，表达了自己"老臣他日泪，湖海想遗衣"（《神宗皇帝挽词》）的怀念之情。

　　神宗死后，他不满十岁的儿子赵煦继位，是为宋哲宗。宋哲宗的祖母高后，以太皇太后的身份权同处分军国大事。高后对新法早就表示不满，她执政后便以恢复"祖宗法度为先务"（《宋史》本传），立即起用司马光等一批新法的反对派。这年五月，司马光被任命为门下侍郎。宋哲宗元祐元年（1086）闰二月，司马光进为宰相。司马光上台后，便以"母改子"（《续资治通鉴长编》卷三五五）为旗号，全盘否定新法，攻击王安石"于人情物理多不通晓"，"多以己意轻改旧章，谓之新法"；"名为爱民，其实病民；名为益国，其实伤国"，在不到半年的时间里，就废除了保甲法、方田法、市易法和保马法等几项新法。司马光当时已患重病，但仍着力谋划废除尚存的几项新法，他把当时仍在推行的青苗法、免役法、将官法

和王安石执政时与西夏开启的战事称为"四害"，扬言："四害未除，吾死不瞑目矣！"（《宋史》本传）

宋神宗去世后，王安石凭着丰富的政治阅历，对政局的变化十分担心。据载，他当时"每日只在书院读书，时时以手抚床而叹，人莫喻其意"（《研北杂志》）。从京城接二连三传来的废除新法、禁止新学的消息，使王安石受到很大的刺激，读书已不能排遣他心头的郁闷。他陷入极大的痛苦愤懑之中，病情也日趋严重。元祐元年三月，重病中的王安石，听到免役法也要废除，愕然失声道："亦罢至此乎？此法终不可罢！安石与先帝议之二年乃行，无不曲尽。"（《三朝名臣言行录》卷六之二）他再也经受不住这一政治上的重创，不久便与世长辞，享年66岁，时为元祐元年四月初六。他死后没几个月，青苗法也被废除，他创立的新法基本上被司马光划革略尽。王安石的一生，几乎是和他倡导的新法一起结束的。

王安石生命中的最后十年，是他文学创作生涯中成就最辉煌的时期。他这时专力于诗歌创作，其中以绝句为多;除了大量创作近体诗外,还肆力于古体诗,间或尝试集句、填词,而散文创作则日见稀少,主要是一些序文和书信。这一时期,王安石诗的主要内容是描绘田园风光,描写自己的隐居生活,还有一些宣扬佛教禅理之作。由于对宁静生活的追求,尤其是对佛教禅悦境界的追求,使王安石与大自然更加接近,心物契合,他在诗中表现自己淡远的心境和闲适的情趣,因此写出了一大批脍炙人口的写景小诗。与内容相适应,他这一时期的诗风也出现了引人注目的变化。王安石这时作诗更注重艺术推敲,讲究修辞技巧,重视诗的韵味,激赏"清新妩丽,与鲍(照)、谢(朓)似之"(《回苏子瞻简》)的诗风。前人称"荆公平生,文体数变,暮年诗益工,用意益苦"(《后山诗话》);又称"荆公晚年,诗律尤精严,造语用字,间不容发,然意与言会,言随意遣,浑然天成,殆不见有牵率排比处"(《石林诗话》),都指出了王安石晚年诗的显著变化。虽然,王安石的诗风本身有一个发展过程,其诗中工于对偶、精于用典的修辞特点在前期诗中已露端倪;但是,其诗风从"逋峭雄直之气"(梁启超《王安石评传》)到"深婉不迫之趣"(《石林诗话》)的转变，确是完成于这一时期。这是与他人生的体悟、艺术的积累达到了丰富和成熟的地步分不开的。王安石在生命的最后十年，达到了他诗艺的高峰。他在中国诗歌史上的地位，主要基于他这时期的诗歌成就；他对后代诗人的影响，也主要在这时期的诗歌成就。作为一个政治家，王安石晚年经历了他的失败；而作为一个文学家，王安石晚年却取得了丰硕的收获。

登 宝 公 塔①

倦童疲马放松门②，自把长筇倚石根③。江月转空为白昼④，岭云分暝与黄昏⑤。鼠摇岑寂声随起⑥，鸦矫荒寒影对翻⑦。当此不知谁客主，道人忘我我忘言⑧。

① 宝公塔：宝公名宝志，为南朝高僧，梁天监十三年(514)卒，葬于钟山定林寺前，梁武帝为建塔于其上，名宝公塔。塔

前有寺。熙宁九年（1076），王安石子王雱卒，其祠堂就在宝公塔院。

② 童：指随行的童仆。松门：松木为门。此指寺门。

③ 筇（qióng）：筇竹，可作拐杖，因称杖为筇。石根：大石的底部，这里指石壁。

④ 转：运转。

⑤ 暝（míng）：日暮，夜晚。

⑥ 岑（cén）寂：寂静，寂寞。

⑦ 矫：举起，昂起。这里是振翅的意思。

⑧ 道人：得道之人。这里指守塔院的僧人。

宝公塔是王安石退居江宁后常去的地方，并留下了不少诗作。这不仅是因为这里的景色可以让他忘却尘世的烦扰和纷争，感受到心灵的宁静；而且也因为这里是其爱子王雱的祠堂所在，他可以在此寄托其哀思。

这首七律即作于王安石的晚年，叙写作者在一个黄昏登宝公塔的所见所感。诗中描写了一派静谧而开阔的景色，表现出作者陶醉于其中而物我两忘的感受。诗中三、四两句构想新奇,极为工妙;五、六两句观察细致,描写入微,俱是王安石诗中的名句,其中动词的运用尤其出色传神,如"江月转空"之"转"、"岭云分暝"之"分"、"鼠摇岑寂"之"摇"、"鸦矫荒寒"之"矫"等等。

定　林①

漱甘凉病齿②,坐旷息烦襟③。因脱水边屦④,就敷岩上衾⑤。但留云对宿,仍值月相寻⑥。真乐非无寄⑦,悲虫亦好音。

① 定林:即定林寺,在钟山南麓宝公塔后。

② 漱甘:用泉水漱口。甘,指泉水。凉:动词,使……凉。

③ 坐旷:坐在空阔的地方。息:平息。烦襟:烦躁的心情。襟,心怀。

④ 屦(jù):鞋。

⑤ 就:靠近。敷:铺设。衾(qīn):被子。

⑥ 值:逢着。

271

⑦ 寄：寄托。

　　除了宝公塔外，王安石晚年退居金陵时，还常到定林寺等处游憩，留下了不少诗作。

　　这首诗就叙写了作者在定林寺游憩的情形：他用泉水漱口以使病齿感觉清凉，坐在空阔的地方以平静烦躁的心情；在水边脱鞋，在石上入睡；有月色相照，与白云同眠。这种"枕石漱流"的行为，俨然是隐者的生活，表现出作者物我两忘的游憩之乐和旷达的襟怀。通篇即兴即事，信笔点染，若不用意，实则于闲适宁静之中寓有悲慨惆怅之意。

纯甫出僧惠崇画要予作诗①

　　画史纷纷何足数②，惠崇晚出吾最许③。旱云六月涨林莽④，移我翛然堕洲渚⑤。黄芦低摧雪翳土⑥，凫雁静立将俦侣⑦。往时所历今在眼，沙平水澹西江浦⑧。暮气沉舟暗鱼罟⑨,欹眠呕轧如鸣橹⑩。颇疑道人三昧力⑪,异域山川能断取⑫。方诸承水调幻药⑬,洒落生绡变寒暑⑭。金坡巨然山数堵⑮,粉墨空多真漫与⑯。濠梁崔白亦善画⑰,曾见桃花静初吐。酒酣弄笔起春风⑱,便恐漂零作红雨⑲。流莺探枝婉欲语,蜜蜂掇蕊随翅股⑳。一时二子皆绝艺㉑,裘马穿羸久羁旅㉒。华堂岂惜万黄金㉓,苦道今人不如古㉔。

① 纯甫:王安上,字纯甫,王安石的幼弟。惠崇:宋初僧人,亦称慧崇,能诗善画。工画鹅雁鹭鸶,尤善画寒江远渚之类小景。

② 画史:善画的人,画家。

③ 许:推崇,赞许。

④ 涨:指云升起,弥漫。林莽:草木丛生处。

⑤ 翛(xiāo)然:无拘无束、自由自在的样子。堕:落下。洲渚(zhǔ):水中的小块陆地。

⑥ 黄芦:即芦苇。低摧:憔悴的样子,这里作下垂解。雪:指

273

芦花。翳（yì）：遮蔽。

⑦ 凫（fú）：野鸭。将：携同。俦侣：伴侣。这两句描述画面
景物。

⑧ 澹（dàn）：水波动的样子。西江浦：西江边。这里指作者
故乡。

⑨ 罟（gǔ）：捕鱼的网。

⑩ 攲（qī）眠：斜躺着睡。攲，通"敧"，倾斜。呕轧（ōu yà）：
睡眠中发出的声音。鸣橹：摇橹的响声。

⑪ 道人：指惠崇。三昧力：指神奇的法力。

⑫ 断取：截取。

⑬ 方诸：一种盛水的容器。幻药：传说中用以和色着物的
药，或能昼现夜隐，或能昼隐夜现。

⑭ 生绡（xiāo）：未经漂煮过的丝织品，用以作画。这两句的
意思是：惠崇用方诸盛水调好幻药，洒落在生绡上，便能使
暑热变得清凉。

⑮ 金坡：金銮坡的省称，指翰林院。巨然：五代时南唐著名
画家，工画山水。其画笔甚草草，宜远观，则景物粲然，具
幽情远思。山数堵：指巨然画在翰林院的数堵山水壁画。

⑯ 粉墨：指颜色和墨。粉，铅粉，绘画颜料。漫与：随意，不

刻意求工。

⑰ 濠梁：今安徽凤阳。崔白：北宋画家，与王安石同时，工花竹翎毛。

⑱ 酒酣弄笔：指崔白喜在酒酣之后作画。起春风：指崔白所画生机盎然。

⑲ 红雨：指桃花被春风吹落。语本唐李贺诗："桃花乱落如红雨。"（《将进酒》）

⑳ 掇（duō）蕊：指采花酿蜜。掇，采摘。随翅股：翅股相随，即一只接着一只。股，腿。

㉑ 二子：指惠崇和崔白。绝艺：超绝的技艺。

㉒ 裘马穿羸（léi）：衣服破烂，马匹瘦弱。裘，皮衣，泛指衣服。羸，瘦弱。羁旅，在异乡客居。羁，寄居。

㉓ 华堂：华丽的厅堂，指代富贵人家。

㉔ 苦道：硬说。

　　王安石退居江宁后，宋神宗为照顾他的生活，于熙宁十年（1077）十月特诏其弟王安上（纯甫）权发遣江南东路提点刑狱，并从饶州（今江西波阳）移治江宁。这首题画诗，就是王安石应纯甫之邀而作的。

　　王安石在这首诗中，围绕惠崇画展开了巧妙的构思，从各个不同的方面再现了惠崇的高超画艺。首两句肯定惠崇在画史上的地位，为全篇定下了基调。接着描写惠崇画巨大的艺术感染力：好似在六月炎热的旱云从林莽上空涌起之时，这幅画却一下子把人带到清凉的河洲之上。在这里作者从视觉形象转移到身体感觉的描写，运用了通感的艺术手法，形象而又生动。同时，惠崇所画的景物使作者联想起往年在故乡所见之景。这一描写又说明了惠崇画描摹景物的真切。作者由此感叹惠崇的画艺犹如有法力一般，能把别处的山河截取过来，展示在画中。这里更是以想象之笔，极赞惠崇高超的画艺。在描写的基础上，作者展开了议论。为了赞扬惠崇画，作者不惜对世所公认的大画家巨然加以贬抑，认为巨然在翰林院中所画的数堵山水壁画随便涂抹，空有粉墨藻绘而已。他对世人不识惠崇画艺而深致感叹，指责那些富贵人家竟然吝惜自己的金钱而不愿资助惠崇、崔白一类画家，反而硬说他们的画不及古人。王安石对惠崇画的评论，是与他对人世的看法相一致的，反映了他对人才的推重和不随俗附和的艺术识见。

这首诗结构严谨,层次分明。清人方东树将这首诗分为四段,概括为"一点,一写,一衬,一双收"(《昭昧詹言》)。"一点"指开头两句的点题,"一写"指以下十二句对惠崇画的描写,"一衬"指以巨然、崔白之画来衬托惠崇,"一双收"指篇末四句以感慨作收。全诗笔力奇险,用语精炼,叙写生动传神,是历代题画诗中的名作。

除了这首诗外,王安石还写过一首题为《惠崇画》的五绝,似是从这首诗中截取而来:

> 断取沧洲趣,移来六月天。道人三昧力,变化只和铅。

两诗一为近二百言的七言古诗,一为仅二十字的五言绝句,一繁一简,各擅胜场,充分表现出王安石运用不同体裁的诗艺。

后 元 丰 行①

歌元丰,十日五日一雨风②。麦行千里不

见土③,连山没云皆种黍④。水秧绵绵复多
稌⑤,龙骨长干挂梁梠⑥。鲥鱼出网蔽洲渚⑦,
荻笋肥甘胜牛乳⑧。百钱可得酒斗许⑨,虽非
社日长闻鼓⑩。吴儿踏歌女起舞⑪,但道快乐
无所苦。老翁堑水西南流⑫,杨柳中间杙小
舟⑬。乘兴散眠过白下⑭,逢人欢笑得无愁。

① 后元丰行:作者先已写了一首《元丰行示德逢》,故这首名
   《后元丰行》。元丰,宋神宗赵顼的年号(1078—1085)。
   行,歌行,古诗的一种体裁。

② "十日"句:风调雨顺的意思,意谓十天下一场小雨,五天吹
   一次和风。

③ 麦行:麦垄。行,行列。

④ 没云:蔽天的意思。黍(shǔ):黄小米,谷类的一种。

⑤ 稌(tú):稻。

⑥ 龙骨:水车。梁梠(lǚ):屋梁和屋檐。这句意谓由于风调
   雨顺,水车无用,一直高挂在屋梁上。

⑦ 鲥鱼:一种肉味鲜美的鱼。蔽:遮蔽,盖满。洲渚(zhǔ):

江中沙洲。渚,水中间的小块陆地。这句写网到的鲥鱼盖满了沙洲。

⑧ 荻笋:荻的嫩芽。这句写荻笋又大又甘美,滋味胜过牛奶。

⑨ 斗许:一斗左右。

⑩ 社日:古代春秋两季祭祀社神(土地之神)之日。这一天乡间聚会,击鼓娱乐。长:常。

⑪ 吴儿:吴地的小伙子。今江苏一带古代属吴国。踏歌:用脚踏地按拍唱歌。

⑫ 堑:指护城河。

⑬ 杙(yì):木桩。这里用作动词,指把小舟系在木桩上。

⑭ 白下:白下城,故址在金陵(今南京市)西北。

王安石罢相回江宁后,新法仍继续推行,成果也有所显示,元丰初年连年丰收,农村生活大有改善。王安石目睹这一切,写了不少诗加以赞颂,本诗即是其中著名的一篇。

这首诗与作者同时作的《歌元丰五首》、《元丰行示德逢》等诗一样,生动形象地描绘了农村中风调雨顺的欢乐景象。《歌元丰五首》其一云:

　　水满陂塘谷满箕,漫移蔬果亦多收。神林处处
传箫鼓,共赛元丰第一秋。

《元丰行示德逢》诗中描写的"倒持龙骨挂屋敖,买酒浇
客追前劳。三年五谷贱如水,今见西成复如此"等等,
都可以与本诗相参照。作者在这些诗中的描写,正是为
他倡导的变法改革唱了一曲颂歌。王安石作诗好用典,
而这首诗却以白描行之,一气呵成,在纪实之中不免带
有理想化的色彩,充分表达出作者欣喜万分的心情。诗
末尾四句,正是作者形象的生动写照。

书湖阴先生壁二首(选一)①

　　茅檐长扫静无苔②,花木成畦手自栽③。
一水护田将绿绕④,两山排闼送青来⑤。

① 湖阴先生:名杨德逢,是王安石退居金陵时的邻居。

② 茅檐:代指庭院。长:常常。静:通"净"。

③ 畦(qí):田地里有土埂围着的排列整齐的小区。

④ 护田：语出《汉书·西域传》所载"置使者校尉领护"田卒。

⑤ 排闼(tà)：推开门。闼，门。语出《汉书·樊哙传》所载樊哙"排闼直入"高祖禁中之事。这与上句均用拟人手法，写一汪溪水将田地环绕，好像在护卫着一样；两座山直闯进门，送来了青翠的山色。

　　杨德逢是王安石退居金陵时经常过从的友人，王安石写给他不少诗，如《元丰行示德逢》等。这首七绝是王安石题在杨家屋壁上的。

　　王安石对杨德逢的人品极为欣赏，曾有"先生贫敝故人风，缅想柴桑在眼中"（《示德逢》）之句。这首诗也表达了他对杨德逢的赞赏，但这种赞美是通过景物描写曲折地表达出来的。作者要赞美主人的高洁，却着力描写杨家内外的景色，不写人而写山水，其实写山水即是写人，将自然景物与具体的生活内容融为一体，浑化无迹。

　　王安石作诗讲究用典和对偶，并善于将两者紧密联系在一起。他曾说过："用汉人语止可以汉人语对。若参以异代语,便不相类。"(《石林诗话》)这首诗中的三、四两句,就是王安石精于对偶和用典的范例。这两句中,"护田"、"排闼"既是作者的奇特想象,又是巧妙的用典;同时,两词又是严格的史对史、汉人语对汉人语。虽然,作者在这里刻意用典和对偶,但用典却不使人觉,从而将山水转化为富有生命感情的形象来描写,贴切而又自然,体现出作者高超的艺术技巧。

答吕吉甫书^①

　　某启:与公同心,以至异意,皆缘国事^②,岂有它哉? 同朝纷纷,公独助我,则我何憾于公^③? 人或言公,吾无与焉,则公何尤于我^④? 趣时便事^⑤,吾不知其说焉;考实论情^⑥,则公宜昭其如此^⑦。开喻重悉^⑧,览之怅然^⑨。昔之在我者,诚无细故之可疑;则今之在公者,尚何旧恶之足念? 然公以壮烈,方进为于圣世,而某茶然衰疢⑩，特待尽于山林。趣舍异路⑪，则相呴以湿，不如相忘之愈也⑫。想趣召在朝夕⑬，惟良食⑭，为时自爱⑮。

① 吕吉甫：吕惠卿，字吉甫，泉州晋江（今属福建）人。《宋史》卷四七一有传。

② 缘：为了，因为。

③ 憾：恨，不满意。

④ 尤：怨恨。

⑤ 趣时便事：意谓为了办事方便而趋附时风。趣，同"趋"。

⑥ 考实论情：考查实际情形。

⑦ 昭：明白。

⑧ 开喻：开导晓喻。这里指吕惠卿的来信。重悉：很明白。

⑨ 怅然：失意的样子。

⑩ 茶（nié）然：疲倦的样子。疢（chèn）：疾病。

⑪ 趣舍异路：意谓进退道路不同。

⑫ "相呴（xū）"二句：语出《庄子·天运》："泉涸，鱼相与处于陆，相呴以湿，相濡以沫，不若相忘于江湖。"意谓泉水干涸，鱼在陆地上相互吐沫沾湿以相济，不如在江湖中各自

游乐而相忘。呴,吐沫。愈,较好,胜过。

⑬ 趣召: 应召赴任。

⑭ 良食: 意谓吃好餐饭。

⑮ 自爱: 犹言自重,保重自己。

　　吕惠卿曾经是王安石推行新法的主要助手,甚得王安石的信任。熙宁七年(1074)四月,王安石罢相时,他还举荐吕惠卿为参知政事。次年二月,王安石应召复相,由于政见不合,与吕惠卿产生了矛盾,终至分裂。元丰三年(1080)九月,时退居江宁的王安石为特进,改封荆国公,吕惠卿给他来信解释前怨,要重修和好。王安石遂写了这封回信。

　　王安石在信中首先就明确告诉吕惠卿,自己与他由同心齐力到意见不合,都是因为国事,而并无其他缘故。随后回顾往事,意谓实行变法时,当朝大臣纷纷表示反对,只有吕惠卿帮助自己,因此自己并没有对他不满意;而自己并没有参与说他的坏话,吕惠卿没必要怨恨自己。王安石这里所说,是对吕惠卿来信中"内省凉薄,尚无细故之嫌;仰揆高明,夫何旧恶之念"的回答,态度十分明确。接着几句,进一步表明了这一态度。最后,作者引用《庄子》之语,意谓自己与吕惠卿"趣舍异路",不如各适其志更好。史载吕惠卿当权后,"忌安石复用,遂欲逆闭其途,凡可以害安石者,无所不用其志"(《宋史纪事本末》卷三七)。因此,王安石对吕惠卿深感失望乃至寒心,以致信中有"开喻重悉,览之怅然"之语,表现在信中的感情也是相当复杂的。

作为一个政治家,王安石从大局出发,不愿让自己与吕惠卿的矛盾尖锐和公开化,以免给政敌以口实。为了自己所追求的事业,退居山林的王安石希望吕惠卿不要念念不忘旧怨,而应努力有为于当世。然而,王安石对吕惠卿背叛自己的行为从心底里来说是不能原谅的,因此不屑再与他为伍,毫不调和含混,态度十分决绝。

本文句式整齐,多用四六,措辞简当精警,表现出作者在写此信时是很费斟酌的。文章观点鲜明,态度明朗,反映出王安石倔强刚毅的性格,也表现出王安石晚年惆怅悲凉的心态。

谢 公 墩 二 首(选一)①

我名公字偶相同②,我屋公墩在眼中③。
公去我来墩属我,不应墩姓尚随公。

① 谢公墩:在半山寺(即王安石旧居)后,因东晋名相谢安曾
   登临此地而得名。《至大金陵新志》卷十一下云:"半山报
   宁禅寺在城东七里,距钟山亦七里,王荆公安石故宅
   也。……寺后有谢公墩,其西有土山曰培塿,乃公决渠积
   土之地。"谢公,即谢安(320—385),字安石,陈郡阳夏(今
   河南太康)人,东晋著名的政治家、军事家。
② 我名公字:王安石的名和谢安的字一样,故云"偶相同"。
③ 我屋公墩:从王安石的屋子能看到谢公墩,故云"在眼中"。

   王安石退居江宁后所住的地方,曾经是东晋名相谢
安的旧游之地。王安石由此产生联想,写下了这首极有
风趣的小诗。谢安在东晋国势危如累卵的时候,力拒前
秦,取得淝水之战的胜利,并收复失地。王安石对谢安

的为人十分敬仰,对他的勋业极为推崇,在元丰四年（1081）所作的《游土山示蔡天启秘校》诗中,有"缅怀起东山,胜践比稠叠,于时国累卵,楚夏血常喋。外实备艰梗,中仍费调燮"之句。而今凭吊故迹,大有"陈迹恍如接"的感觉。王安石的地位与谢安相同,他要做的事业不亚于谢安,因此在对前贤深致敬意的同时,他也不忘要与前贤一比高下。这首小诗就反映了他性格上好强而又幽默的一面。

两 山 间①

自予营北渚②,数至两山间③。临路爱山好,出山愁路难。山花如水净,山鸟与云闲。我欲抛山去,山仍劝我还。只应身后冢④,亦是眼中山。且复依山住,归鞍未可攀⑤。

① 两山间:钟山的两座山峰之间。

② 营:经营,建造。北渚:指钟山半山园所在地。此地亦名

白塘，曾以地卑积水为患，王安石在此住下后，乃凿渠决水以通城河。

③ 数(shuò)：屡次，频繁。

④ 冢(zhǒng)：坟墓。

⑤ 归鞍：指骑着回城的坐骑。

王安石退居钟山后，实现了投老山林的心愿。他深深地爱着大自然，徜徉于其间，欣赏着物我两忘的恬静生活。这首诗就表现了他这时的生活和心情。"临路爱山好，出山愁路难"两句，既是写实，又是寓意，表现了作者对山林生活的喜爱和对仕途生涯的忧虑。"且复依山住，归鞍未可攀"两句，更是表达了作者拟长住山林之间而不愿再居闹市之中的打算。全诗十二句中连用九个"山"字，生动形象地表现出人与山浑然一体的联系，自然贴切，堪称高妙。

半山春晚即事①

春风取花去，酬我以清阴②。翳翳陂路

静③,交交园屋深④。床敷每小息⑤,杖屦亦幽寻⑥。惟有北山鸟⑦,经过遗好音⑧。

① 半山:在钟山南。王安石第二次罢相后退居江宁,在这里营建庭园,因地处由江宁府城东门去钟山的半道,故名之为"半山园"。

② 酬:酬报。清阴:指树荫繁茂。

③ 翳(yì)翳:隐晦不明,形容树木茂密的样子。陂(bēi)路:山坡小路。陂,山坡。

④ 交交:纷繁错综,形容树木相互覆盖交叉的样子。

⑤ 床:指坐卧之具。敷:指铺陈。古人席地而坐。

⑥ 杖屦(jù):指扶杖漫步。屦,鞋子。幽寻:即寻幽。

⑦ 北山:即钟山。

⑧ 遗(wèi):送。好音:指美妙动听的鸟鸣声。

这首诗描写作者晚年退居江宁后的山居生活。在对晚春清幽之景的描摹中,表现了作者恬淡安宁而又欣然自乐的心境。诗中写景动静结合,生动传神。首联以散文句式来作拟人化的描写,赋春风以性格,一个"取"字,一个"酬"字,显示出作者与大自然谐和的心态。他一反常人惜春诗叹息花落的情调,而以欣喜的心情赞美充满生机的一片"清阴"。这两句不仅句式新奇,而且尽见作者当时的心境。

雪　干

雪干云净见遥岑①,南陌芳菲复可寻②。
换得千颦为一笑③,春风吹柳万黄金④。

① 遥岑(cén):远山。岑,小而高的山。
② 南陌:指田野。陌,田间的小路。芳菲:指芬芳的花草。
③ 颦(pín):皱眉。
④ 万黄金:喻指杨柳。

积雪消融,阴云散净,春天又回到了人间。诗人欣喜地看到了这一切,并在诗中加以形象的表现。他把季节变化的特征，与人们的心理变化巧妙地联系在一起，含义双关，形象生动。

金陵即事三首（选一）

水际柴门一半开①，小桥分路入苍苔②。
背人照影无穷柳，隔屋吹香并是梅。

① 水际：水边。一半开：半开半掩。
② 入苍苔：通向长满青苔的小路。苍，一作"青"。

这首七绝就眼前景物为题材而随意挥写，显得十分精致，宛然如画。三、四两句的描写精细入微：俯视水际，只见人背后的无数柳树在水中照看着自己的影子；隔着屋子，还能闻到随风飘来的梅花的清香。这一描写，充分表现出作者体察景物的本领，反映了他闲适的心情。这两句对句造语新奇工整，以致前人认为"似是作律诗未就，化成截句"（陈衍《宋诗精华录》）。

钟 山 即 事

涧水无声绕竹流,竹西花草弄春柔①。茅
檐相对坐终日,一鸟不鸣山更幽。

① 竹西:竹林西面。弄春柔:指花草在春天显得妩媚多姿。

这首七绝描写眼前的景物,渲染出一个幽寂无声的
境界,反映了王安石晚年退居钟山后追求恬静的心态,
令人感到"此时无声胜有声"。诗的末句语本南朝梁王
籍《入若耶溪》"蝉噪林逾静,鸟鸣山更幽",王安石反其
意而用之,显示出作者作诗不愿蹈袭前人而自创新意。

初 夏 即 事

石梁茅屋有弯碕①,流水溅溅度两陂②。
晴日暖风生麦气③,绿阴幽草胜花时④。

① 石梁：石桥。梁，桥。碕（qí）：曲折的堤岸。

② 溅（jiān）溅：流水声。陂（bēi）：池塘。

③ 生：指激发，助长。麦气：指麦子成熟时散发出的香气。

④ 花时：开花的季节，指春天。

　　风吹麦浪，绿阴幽草，初夏的景色令诗人心旷神怡，觉得这一切比百花吐艳的春天还美。这首七绝就贴切地表达出诗人的这种心情。

即　　事

　　径暖草如积①，山晴花更繁②。纵横一川水，高下数家村。静憩鸡鸣午③，荒寻犬吠昏④。归来向人说，疑是武陵源⑤。

① 径：小路。积：积聚，堆积，形容草丛茂密。

② 山晴：与上句"径暖"互文，晴朗乃有暖意。

③ 憩（qì）：休息。鸡：一本作"鸠"。

④ 荒寻：犹言寻幽。昏：黄昏。

⑤ 武陵源：即陶渊明《桃花源记》中描写的一处世外桃源，记中有"鸡犬相闻"之语。武陵，郡名，郡治在今湖南省常德县。

　　作者早年写有《桃源行》诗，表达对理想社会的向往。晚年退隐钟山，过起了类似陶渊明的隐逸生活，思想倾向、艺术趣味也自然地与陶渊明相近。他由衷地喜欢这种生活，为这种情景所陶醉，并表现在诗歌之中。这首描写山村景色和作者闲适生活的五律，就突出地表现了这一切。在作者笔下，日暖花繁，鸡鸣犬吠，俨然是一处世外桃源。诗句对仗工整，形象如画。诗题一作"径暖"。

岁　　晚

　　月映林塘静，风含笑语凉。俯窥怜绿净①，小立伫幽香②。携幼寻新荫③，扶衰上野航④。

延缘久未已⑤,岁晚惜流光⑥。

① 窥:视,看。怜:爱。绿:指水色。

② 伫(zhù):站着等待。幽香:指花香。

③ 菂(dì):莲子。

④ 扶衰:支撑着衰老的身体。野航:停泊郊外的船只。

⑤ 延缘:徘徊流连。已:止。

⑥ 流光:流逝的光阴。

　　深秋的一个夜晚,作者乘兴夜游,赏花观水,为清幽的秋夜景色而流连忘返。这首小诗真切地记录了作者的这次赏秋夜游。诗歌首先描绘出"月映林塘"、"风含笑语"的静谧凉爽的秋夜景色,为下文赏玩作铺垫。随后,详细描述了诗人一行的赏玩过程。"俯窥"一句写赏水,"小立"一句写赏花。前人称"荆公爱看水中影"(许颛《彦周诗话》),正可谓仁者爱山,智者乐水,反映了王安石的个性爱好。一个"窥"字,传神地写出了诗人的神态。"幽香"两字,写出了秋花的特征。诗人为这沁人心脾的花香所吸引,遂"携幼"相寻,以致登上了野渡的小船。仅仅是这秋夜的美景使得作者流连忘返吗? 不,而是这"岁晚惜流光"的深沉感情。诗的最后对此作了意味深长的回答,这回答,似可看作是对全篇诗意画龙点睛的阐发。

题 舫 子①

爱此江边好,留连至日斜②。眠分黄犊草③,坐占白鸥沙④。

① 舫子:小船。
② 留连:留恋不愿离开。
③ 黄犊(dú):小黄牛。犊,小牛。
④ 占:占据。

这首题在舫子上的小诗,生动地展现了作者退归后的生活情形,刻画出一种物我两忘的境界。末两句笔力高妙，"分"、"占"两字下得尤为精彩传神。

棋

莫将戏事扰真情①，且可随缘道我赢②。

战罢两奁收黑白③，一枰何处有亏成④？

① 戏事：游戏的事情。扰：扰乱。

② 随缘：听候机缘安排。缘，机缘，机会。

③ 奁（lián）：小匣子，这里指用来放棋的棋匣。

④ 枰（píng）：棋盘。亏成：指得失，胜负。

王安石晚年退居无事，喜下围棋。他把下棋看作是一种游戏，而并不在乎输赢。这首小诗因棋志感，反映了他当时随遇而安的心境。元丰四年（1081），他在写了《游土山示蔡天启秘校》等诗后，又写了《用前韵戏赠叶致远直讲》诗，其中写围棋，可谓面面俱到。诗中不仅写了自己下棋的目的和学棋的准备："经纶安所施，

有寓聊自惬。棋经看在手,棋诀传满箧。"而且还以十二个"或"字句,形象生动地描摹了弈棋者的神态和弈棋过程:

> 或撞关以攻,或觑眼而厣,或赢行伺击,或猛出追蹑。垂成忽破坏,中断俄连接。或外示闲暇,伐事先和燮。或冒突超越,鼓行令震叠。或粗见形势,驱除令远蹀。或开拓疆境,欲并包总摄。或仅残尺寸,如黑子着靥。或横溃解散,如尸僵血喋。或惭如告亡,或喜如献捷。

可谓曲尽围棋之趣。

江　上

　　江上秋阴一半开[①],晚云含雨却低徊。青山缭绕疑无路[②],忽见千帆隐映来[③]。

① 秋阴:秋天阴沉的天色。

② 缭绕：回旋，缠绕。这里指群峰纠结的样子。

③ 隐映：时隐时现。

　　舟行江上，只见天色半开，暮云低回，重重叠叠的青山缭绕在前，似乎无路可行，忽然远处隐隐约约地驶来了无数船帆。这首小诗描写舟行江上所见，寄寓了作者独特的人生感受和情趣。其中"青山缭绕"两句，借景抒情，在寻常的景物描写中，蕴含着深刻的哲理意趣。后来南宋诗人陆游的名句"山重水复疑无路，柳暗花明又一村"（《游山西村》），大概就是由此生发而来的。

菩　萨　蛮

　　数家茅屋闲临水①，轻衫短帽垂杨里。今日是何朝，看予度石桥②。梢梢新月偃③，午醉醒来晚④。何物最关情，黄鹂一两声。

① 数家：一本作"数间"。这句语出唐人刘禹锡《送曹璩归越

中旧隐诗》："数间茅屋闲临水，一盏秋灯夜读书。"

② 看予度石桥：这句语出唐人宋之问《灵隐寺》："待入天台路，看余度石桥。"又，"今日"两句，一本作"花是去年红，吹开一夜风"，用唐人殷益《看牡丹》"发从今日白，花是去年红"下句。

③ 梢梢：风吹动树木的声音。新月偃：指月亮呈半月形。这句语出唐人韩愈《南溪始泛》："点点暮雨飘，梢梢新月偃。"

④ 午醉醒来晚：这句语出唐人方棫失题诗："午醉醒来晚，无人梦自惊。"

　　这是一首集句词，即集诗句为词，这是王安石的发明。王安石晚年退居金陵，在半山筑草堂，引水作小港，其上叠石作桥，这首词就记录了他当时的闲居生活（见吴曾《能改斋漫录》）。虽是集句，但如出己口，贴切地表现出作者村居生活的闲情逸趣，体现了作者学富才高的创作功力。

生　查　子

雨打江南树。一夜花开无数。绿叶渐成

阴①，下有游人归路。　　与君相逢处。不道
春将暮②。把酒祝东风③，且莫恁④、匆匆去。

① 阴：树荫。

② 不道：不堪，无奈。

③ 祝：祝祷。

④ 且：暂且，姑且。恁（rèn）：如此，这样。

　　这是一首送别词。作者将伤春与送别的主题结合起
来表现，在惜春的同时巧妙地表现了对离人的挽留。全
词寥寥几句，写出了江南暮春烟雨迷濛的景色，衬托出作
者与友人相逢将别时的情景。通篇寓情于景，含蓄蕴藉。

谒　金　门

　　春又老，南陌酒香梅小①。遍地落花浑不
扫，梦回情意悄。红笺寄与添烦恼②，细写相思
多少。醉后几行书字小，泪痕都揾了③。

① 南陌：南面的道路。陌，道路。

② 红笺：一种精美的笺纸。

③ 揾（wèn）：揩拭。

　　据《能改斋漫录》载，这首词是王安石晚年退居江宁（今江苏南京）钟山时所作。脱离了政坛的旋涡，优游林下的王安石，面对暮春景色，不由一改往日正襟危坐时的丞相面目，心中也荡起了记忆深处的感情涟漪。这首抒写相思之情的小词，不管是游戏之作，还是纪实之作，总之反映了作者当时放松的心情。词的上半由暮春景色联想到"梦回情意"，进而过渡到下片的寄红笺"细写相思"。末两句的细节描写尤其生动传神。人称王安石词"瘦削雅素，一洗五代旧习，惟未能涉乐必笑，言哀已叹，故深情之士，不无间然"（《艺概》），然而读了这首深情绵邈的小词，可能会改变这种看法。

渔 家 傲 二 首（选一）

平岸小桥千嶂抱①，柔蓝一水萦花草②。

茅屋数间窗窈窕③。尘不到，时时自有春风扫。 午枕觉来闻语鸟，欹眠似听朝鸡叫。忽忆故人今总老。贪梦好，茫然忘了邯郸道④。

① 嶂：直立像屏障的山峰。

② 萦：缠绕。

③ 窈窕：幽深的样子。

④ 邯郸道：唐沈既济《枕中记》写卢生于邯郸道上客店中昼寝入梦，历尽富贵荣华。梦醒，主人炊黄粱尚未熟。

《渔家傲二首》是王安石晚年隐居金陵时的作品。第一首展现了作者在一个春日，"闻说浔亭新水漫，骑款段，穿云入坞寻游伴。却拂僧床褰素幔"的生活情景。浔亭是王安石晚年喜爱游赏的风景胜地，在钟山西麓，王安石曾写有《浔亭》诗。与第一首相比，这第二首的描写更加细致、形象。词的上阕描绘了一幅静谧的江南春日图，下阕描绘了这幅图中的主人公——一个退隐的政治家的形象。全词一气直下，十分自然。值得一提

的是,作者善于融炼诗句入词,词句凝练,意蕴丰富。吴
聿《观林诗话》记王安石"尝于江上人家壁间见一绝,深
味其首句'一江春水碧揉蓝',为踌躇久之而去。已而
作小词,有'平岸小桥千嶂抱,柔蓝一水萦花草'之句,
盖追用其语"。化用前人之句,并有出蓝之妙,这是王
安石诗的特点,其词也是如此。他的词与他的诗不仅表
现的内容相同,用语、造境也相似。"午枕"一句,就概
括了他同期写的《午睡》诗:"翛然残午梦,何许一黄
鹂?"词人陶醉于山水之乐,早已把邯郸之梦忘却。作
者晚年悠闲的情致与恬淡的心境在这首词中表露无遗,
正如黄昇所评:"极能道闲居之趣。"(《唐宋诸贤绝妙
词选》)

千 秋 岁 引

别馆寒砧①,孤城画角②。一派秋声入寥
廓③。东归燕从海上去,南来雁向沙头落。楚
台风④,庾楼月⑤,宛如昨。　　无奈被些名利

缚,无奈被他情担阁⑥。可惜风流总闲却⑦。
当初谩留华表语⑧,而今误我秦楼约⑨。梦阑
时⑩,酒醒后,思量著。

① 别馆:客馆,旅舍。寒砧:这里指在秋夜石砧上的捣衣之
声。古人有秋夜捣衣、远寄边人的习俗,捣衣便成了离愁
别恨的象征。

② 画角:古乐器。形如竹筒,以竹木或皮革制成,因外加彩
绘,故名。发声哀厉高亢,古时军中多用之,以警昏晓。角
声在古代诗人笔下常作为悲凉之声,以状秋声肃杀。

③ 寥廓:空阔。

④ 楚台风:宋玉《风赋》中说:楚王游于兰台,有风飒然而至,
王乃披襟而当之曰:"快哉此风,寡人所与庶人共者邪!"这
里即用此典。

⑤ 庾楼月:《世说新语·容止》中载:庾亮镇武昌时,中秋夜
登南楼赏月。这里即用此典。这两句用清风明月的典故
写昔日游赏的情景。

⑥ 担阁:即"耽搁",拖延,耽误。

⑦ 闲却:抛弃,忘却。

⑧ 华表语：用《搜神后记》所载故事：辽东人丁令威学仙得道，化鹤归来，落在城门华表柱上，唱道："有鸟有鸟丁令威，去家千岁今来归。城郭如故人民非，何不学仙冢累累。"

⑨ 秦楼约：用《列仙传》所载故事：秦穆公女弄玉嫁给萧史，萧教弄玉吹箫，引来凤凰，二人相约骑凤凰仙去。这两句意谓当初空留下学仙之语，如今却错过了仙去之约。作者这里用"学仙"、"仙去"的典故，暗喻对隐逸生活的向往和留恋。

⑩ 梦阑：梦断。

　　从词意看，这首词似作于王安石晚年退居金陵后。当时他已对从事政治活动充满厌倦之情，而对无羁无绊的生活充满留恋和向往，并后悔曾经辜负了这大好的秋景。这首词正是当时心态的流露。词的上阕描摹秋景，意致清迥，在景物描写中流露出淡淡的愁绪。明人李攀龙云："不着一愁语，而寂寂景色，隐隐在目，泂一幅秋光图，最堪把玩。"(《草堂诗余隽》，引自唐圭璋《宋词三

百首笺注》）

送和甫至龙安微雨因寄吴氏女子①

荒烟凉雨助人悲，泪染衣巾不自知②。除却春风沙际绿③，一如看汝过江时④。

① 和甫：王安礼，字和甫，王安石之弟，元丰五年（1082）任尚书左丞。龙安：即龙安津，在江宁城西。吴氏女子：王安石的长女，嫁吴安持，因古代女子出嫁后从夫姓，故称吴氏女子。吴安持这时在汴京做官。

② 衣巾：一作"衣襟"。

③ 春风：作"东风"。沙际：指江岸边上。

④ 汝：你，指吴氏女子。

元丰五年（1082），王安石送弟王安礼（和甫）赴京，触景生情，因送弟而思女，写了这首七绝寄女儿。王安石笃于亲情，其集中与弟妹、女儿唱酬诗颇多，晚年尤

多。集中有《寄吴氏女子》诗,为同时之作,其中云:"伯
姬不见我,乃今始七龄。"人到老年,更重儿女亲情,王
安石也是如此。这首诗写得情意真切,凄怆感人,从中
也可体会到王安石晚年寂寞悲凉的心绪。

木　末①

木末北山烟冉冉②,草根南涧水泠泠③。
缲成白雪桑重绿④,割尽黄云稻正青⑤。

① 木末:即树颠。

② 北山:即钟山。冉冉:云烟缓缓浮动的样子。

③ 南涧:金陵城南的溪涧。泠泠:形容水声清越。

④ 缲(sāo):同"缫",指缲丝,把蚕茧浸在热水里,抽出蚕丝。
　白雪:喻指雪白的蚕丝。

⑤ 黄云:喻指黄熟的麦子。

　　这首七绝描绘钟山附近的田野风光,色彩鲜明,形

象生动。其中尤值得称道的是三四两句,描写农家缲完
了雪白的蚕丝,桑树又重新发绿(以养蚕);收割尽金黄
的麦子,又栽上青青的稻秧。农家辛勤劳动的忙碌的形
象尽显纸上,而由此洋溢出丰收的喜庆色彩,给人以美
的享受。这一联中,"白雪"、"黄云"既是比喻,又是借
代,对偶工整,造语凝练,显示出王安石炼句的艺术
功力。

元丰五年(1082)壬戌,王安石写有《壬戌五月与和
叔同游齐安》诗,其中也用了"缲成"一联。大概王安石
自己也认为这一联特别精彩,所以忍不住再用一次。

题 齐 安 壁①

日净山如染②,风暄草欲薰③。梅残数点
雪④,麦涨一川云⑤。

① 齐安:齐安寺,在江宁。
② 山如染:形容山色翠绿,像是染成的一样。

③ 暄（xuān）：暖和。薰（xūn）：花草的芳香。

④ 雪：这里喻指洁白的梅花。

⑤ 涨：形容麦子蓬勃生长的样子。川：平川，平地。这两句的意思是：梅花树的枝头上，还缀着几朵雪一般的残花；麦子蓬勃生长，好像一大片云彩一样。

初春时节，大自然充满了蓬勃的生机。作者以准确传神的语言，巧用比喻，描绘出这一幅幅生动形象的图画。元丰三年（1080）庚申、元丰五年壬戌（1082），王安石多次游齐安，写有不少诗，本诗也是其中之一。

南　浦①

南浦东冈二月时②，物华撩我有新诗③。

含风鸭绿粼粼起④，弄日鹅黄袅袅垂⑤。

① 南浦：金陵城南的小河。

② 东冈：在金陵城东，一名白土冈。

③ 物华：美好的景物。撩：引逗，挑动。

④ 鸭绿：即鸭头绿，深绿色。这里指绿色的水面。粼(lín)粼：清澈的样子。

⑤ 弄：逗弄，戏弄。鹅黄：即鹅儿黄，嫩黄色。这里指初春的杨柳。袅(niǎo)袅：纤长柔美的样子。

　　元丰六年(1083)春，诗人魏泰去钟山访王安石，问王安石："比作诗否?"王安石说："久不作矣，盖赋咏之言亦近口业。然近日复不能忍，亦时有之。"接着，他"笑而口占一绝"，就是这首《南浦》诗(见《临汉隐居诗话》)。

　　早春二月，南浦、东冈一带的美丽风光，激发起作者的诗情，使他忍不住写下了这首雅丽精绝的小诗。诗中"含风"一联，兼用借代和比喻的修辞手法，形象生动，色彩明丽，对偶精严工整，为传世名句。

杖　　藜①

杖藜随水转东冈，兴罢还来赴一床②。尧

桀是非时入梦③,固知余习未全忘④。

① 杖藜:扶着拐杖。杖,扶杖。藜,一种植物,茎可作手杖。

② 兴:游兴。

③ 尧:传说中的上古贤君。桀:夏朝的末代君主,被认为是
暴君的典型。

④ 余习:积习。这里指关心时政得失的习惯。

作为一个政治家的王安石,曾经宦海风云,即使退居
山林,仍对朝政的得失十分关心,就像他在本诗中所说
的:谁是尧谁是桀,谁是谁非,这类政治大问题经常在梦
中萦绕。可见,日有所思,夜有所梦,这已经成了他的积
习。这首小诗,就表达了他这种在山林而思庙堂的心情。

北 山①

北山输绿涨横陂②,直堑回塘滟滟时③。
细数落花因坐久,缓寻芳草得归迟。

① 北山：即钟山。

② 输：送，指流下水来。绿：指水。陂（bēi）：池塘。

③ 堑：沟壕，指灌溉渠。回塘：曲折的池塘。滟（yàn）滟：水
势盛而水波荡漾的样子。

　　这首小诗描写北山的景色和作者的闲游之乐，表现
出一种闲适的心情。前两句写景。题为"北山"，作者
却不直接描绘山之高峻、苍翠，而是以山上流水来表现，
充满动感，给人以寻味的空间。后两句写人。作者化用
唐人王维"兴阑啼鸟缓，坐久落花多"（《从岐王过杨氏
别业应教》）和刘长卿"芳草独寻人去后，寒林空见日斜
时"（《长沙过贾谊宅》）句意，即景生情，形象生动。前
人写诗，常有这样的情形："读古人诗，意所喜处，诵忆
久之，往往误用为己语。"（《石林诗话》）王安石这两句
诗也是如此。但他的这两句诗袭用前人之句而愈工，若
出己意，写出了作者特有的闲适心情，远胜他所化用的
前人之作，因而备受称道。

　　元丰七年（1084），苏轼路过金陵，与王安石相见，

作《次荆公韵四绝》，其三即和此诗，可知此诗的写作不应晚于元丰七年。苏轼诗曰：

> 骑驴渺渺入荒陂，想见先生未病时。劝我试求三亩宅，从公已觉十年迟。

从这首诗中，可以看到王安石晚年与苏轼的文字之交以及他们彼此欣赏的情景。

回苏子瞻简①

某启：承诲喻累幅②，知尚盘桓江北③。俯仰逾月④，岂胜感怅⑤！得秦君诗⑥，手不能舍。叶致远适见⑦，亦以为清新妩丽，与鲍、谢似之⑧。不知公意如何？余卷正冒眩⑨，尚妨细读。尝鼎一脔，旨可知也⑩。公奇秦君，数口之不置⑪；吾又获诗，手之不舍。然闻秦君尝学至言妙道⑫，无乃笑我与公嗜好过乎⑬？未相见，跋涉自爱⑭。书不宣悉⑮。

① 苏子瞻：苏轼(1037—1101),字子瞻,号东坡居士,眉山(今属四川)人,北宋著名文学家。

② 诲喻：教诲开导。累幅：指篇幅长。

③ 盘桓江北：指苏轼在仪真(今江苏仪征)逗留。盘桓,徘徊,逗留。江北,仪真在长江之北,故称。

④ 俯仰：犹瞬息。表示时间短暂。

⑤ 胜：尽。感怅：惆怅。

⑥ 秦君：指秦观(1049—1100),北宋文学家,苏轼的学生。

⑦ 叶致远：叶涛字致远,处州龙泉(今浙江龙泉)人,王安石之弟安国的女婿。

⑧ 鲍：指鲍照,南朝宋诗人。有《鲍参军集》。谢：指谢朓,南朝齐诗人。有《谢宣城集》。鲍、谢两人诗俱以清俊飘逸的风格著称。

⑨ 余卷：其余几卷。冒眩：头晕眼花。

⑩ "尝鼎一脔(luán)"二句：从鼎中取一块肉来尝,它的美味也就可以知道了。这里喻指据已读的诗即可推知全部诗作。鼎,古代炊器,多用青铜制成。一般为圆形,三足两耳;也有方形四足的。盛行于殷周时代。脔,切成块的肉。旨,美味。

⑪ 数口：多次称说。不置：不停。

⑫ 至言：深切中肯的言论。妙道：神妙的道理。

⑬ 无乃：莫非，岂不是。

⑭ 跋涉：犹言登山涉水。形容走长路的辛苦。

⑮ 宣悉：详尽叙说。悉，详尽。

　　这封短简写于宋神宗元丰七年（1084）。这年七月，苏轼由黄州（今湖北黄冈）奉旨授汝州（治所在今河南临汝）团练副使本州安置，路过金陵，会见了王安石。在此之前，苏轼因作诗反对新法，被变法派中的一些人罗织罪名加以迫害，于元丰三年（1080）二月贬谪黄州。在地方上生活了多年之后，苏轼对新法有了进一步的认识，认为新法虽有流弊又有某些"便民"之处，还是能够部分接受的，而对于倡导新法的王安石本人的才华，苏轼一向是佩服的。同时，苏轼受佛道两家思想的影响较深，为人比较旷达。而对苏轼的文才一直很欣赏的王安石，这时隐居金陵，思想情趣也发生了很大的变化。这样，友谊取代了前嫌。两人相见之下，诵诗谈佛，流连往还。临别时，王安石还依依不舍，邀请苏轼卜居金陵为邻。苏轼别后不久给王安石写了一信，就是王安石本文中提到的"诲喻累幅"的《上荆公书》。

苏轼在《上荆公书》中说："近者经由，屡获请见，存抚教诲，恩意甚厚。……某始欲买田金陵，庶几得陪杖屦，老于钟山之下，既已不遂。今来仪真又二十余日，日以求田为事，然成否未可知也。若幸而成，扁舟往来，见公不难也。"可惜这一愿望后来未能实现。苏轼在信中还向王安石推荐年轻的诗人秦观，称赞他"词格高下，固无以逃于左右。独其行义修饬，才敏过人，有志于忠义者，某请以身任之。此外博综史传，通晓佛书，讲习医药，明练法律，若此类未易以一一数也"。王安石在这封回信中，首先表达了自己与苏轼分别后的惆怅之感；随后称许了秦观的诗，同意友人叶涛"清新妩丽，与鲍、谢似之"的赞语，这既是对苏轼推荐之语的赞同，也表现出王安石晚年诗歌趣味的变化。他晚年在金陵，也创作了大量清新妩丽的写景小诗，为后人所赞赏。这封书简虽短，但字里行间展示出苏、王这两位北宋文坛大家

之间亲密交往的情景,也是研究王安石晚期诗歌主张的
不可忽视的资料。

梅 花

墙角数枝梅,凌寒独自开^①。遥知不是雪,
为有暗香来^②。

① 凌寒:冒着严寒。
② 暗香:幽香。

古往今来,咏梅花的诗成千上万,其中数王安石的
这首五绝最为简洁。仅寥寥二十字,却抓住了梅花的特
点,突出了梅花孤芳自赏的品格。全诗构思精巧,寄寓
深远,既是咏梅,也是自况。《乐府诗集》中有苏子卿
《梅花落》诗,前四句曰:

中庭一树梅,寒多叶未开。只言花似雪,不悟

有香来。

王安石的这首诗承此而来,却反其意而用之,别出新意,别开新境,为后人所称道,而苏子卿的诗却几乎被人遗忘了。

北陂杏花①

一陂春水绕花身②,花影妖娆各占春③。

纵被春风吹作雪④,绝胜南陌碾成尘⑤。

① 陂(bēi):池塘,这里指水中小洲。

② 绕花身:指杏花临水开放,仿佛被春水环绕着一般。

③ 各占春:指枝头的杏花与水中的倒影各占春光。

④ 纵:即使。吹作雪:杏花色白,风吹落花如雪。

⑤ 南陌:指道路边上。

这是一首咏杏花的七绝。杏花本以娇艳著称,而临水开放的杏花更是妖娆美丽,神韵独绝。诗的前两句描绘了临水杏花的不凡风姿,而后两句则是全诗的重心所在。临水寂寞地开放的北陂杏花,即使被风吹落似雪一般,也肯定胜过那开放在喧闹的南陌上最终被践踏成尘土的杏花。这里,"雪"和"尘"分别是高尚与污浊的象征。作者在诗中借物咏怀,从北陂和南陌的杏花比较中,表达了自己为坚持理想操守而不惜献身的精神。故近人陈衍云:"末二语恰是自己身份。"(《宋诗精华录》)

孤 桐

天质自森森①,孤高几百寻②。凌霄不屈己③,得地本虚心④。岁老根弥壮⑤,阳骄叶更阴⑥。明时思解愠⑦,愿斫五弦琴⑧。

① 天质:自然的素质。森森:树叶茂密的样子。

② 几:几乎,近于。百寻:极言其高。寻,古代长度单位,八尺为一寻。

③ 凌霄:犹"凌云",直上云霄。不屈己:不使自己弯曲。

④ 虚心：梧桐为落叶乔木，干高而直，木质中空。

⑤ 弥：更。

⑥ 骄：指阳光炽烈。阴：通"荫"，指枝叶成荫。

⑦ 明时：政治清明之时。解愠（yùn）：解除怨怒。愠，恼怒，
　　怨恨。

⑧ 斫（zhuó）：砍，削。五弦琴：传说舜制五弦琴，唱《南风歌》
　　云："南风之薰兮，可以解吾民之愠兮。"桐木是制琴的好
　　材料。

　　这首诗通过对根深叶茂、孤高挺直的梧桐的赞颂，
托物言志，表达了自己愿报效明主的决心和献身精神。
诗的首联描写梧桐的茂密和孤高，是写其外形；颔联描
写梧桐的挺直和虚心，由其外形进而写其本性；颈联描
写梧桐的老当益壮和喜欢阳光，进一步写其本性；尾联
用典，表达梧桐的心愿，愿在清明之世被制成五弦琴伴
《南风歌》以解民众的怨怒。诗用拟人化的手法描写梧
桐，代梧桐立言，借梧桐来表达作者的心愿。诗中对梧
桐的描绘，既是写实，也是自况。

题 张 司 业 诗①

苏州司业诗名老②，乐府皆言妙入神③。
看似寻常最奇崛④，成如容易却艰辛。

① 张司业：张籍(约766—约830)，唐代诗人。字文昌，祖籍
　吴郡(今江苏苏州)。历任水部员外郎、国子司业等职，故
　世称张水部或张司业。工于乐府，颇多反映当时社会现实
　之作，和王建齐名，并称"张王乐府"。

② 苏州司业：张籍原籍苏州，故称。老：历时长久。

③ 乐府：本指汉代音乐机关乐府官署所采集、创作的乐歌，也
　用以称魏晋至唐代可以入乐的诗歌和后人仿效乐府古题
　的作品。

④ 奇崛：奇异特出。

　　王安石的这首诗，赞扬了唐代诗人张籍所作乐府诗
精警凝练而又平易自然的诗风，并指出张籍取得的成就
是他艰苦创造的结果。王安石的这一评价既符合张籍

的诗歌创作实绩，又阐发了自己的诗歌创作主张。王安石为诗，既注重向前代诗人学习，博采众长，又独树一帜，形成自己的风格。晚年，他尤精于诗歌创作，"诗律尤精严，造语用字，间不容发"（《石林诗话》），创作态度极其认真刻苦，创作出来的作品则是"意与言会，浑然天成，殆不见有牵率排比处"（同上）。这种艺术追求达到的效果，正如这首诗三、四两句所评述的那样，所以说，这两句诗实际上也是王安石自道创作的甘苦之言。

"看似寻常最奇崛，成如容易却艰辛"，王安石对张籍诗的这一评价，也正可以被我们移作对王安石诗乃至其全部文学作品的评价。无疑，在宋代文坛乃至整部中国文学史上，王安石都具有不可忽视的重要地位，他的文学作品堪称中国古典文学的经典。

后 记

将近十年前，我有幸成为上海古籍出版社享有盛誉的《中国古典文学作品选读》丛书的作者，撰写了《王安石诗文选注》这本小书。十年来，海内外关于王安石诗文的研究不断深化，研究成果也日益丰硕，我对王安石诗文的研究也偶有所得，并从前贤时哲的有关著作中获益不少。值得高兴的是，步入新世纪后，上海古籍出版社在发扬传统、保持优势的基础上，又积极开拓，推出了《新世纪古典文学经典读本》丛书，我又承担了其中的《王安石诗文选评》一书，又有向广大读者汇报自己研究成果的机会。十年来，由于编务繁忙，在学术上进步甚少，限于水平，拙作中定有不当之处，还希望读者加以指正。

高克勤

2002 年 8 月

《中国古代文史经典读本》（文学类）书目

诗经楚辞选评／徐志啸撰

古诗十九首与乐府诗选评／曹旭撰

三曹诗选评／陈庆元撰

陶渊明谢灵运鲍照诗文选评／曹明纲撰

谢朓庾信及其他诗人诗文选评／杨明、杨焄撰

高适岑参诗选评／陈铁民撰

王维孟浩然诗选评／刘宁撰

李白诗选评／赵昌平撰

杜甫诗选评／葛晓音撰

韩愈诗文选评／孙昌武撰

柳宗元诗文选评／尚永亮撰

刘禹锡白居易诗选评／肖瑞峰、彭万隆撰

李贺诗选评／陈允吉、吴海勇撰

杜牧诗文选评／吴在庆撰

李商隐诗选评／刘学锴、李翰撰

柳永词选评／谢桃坊撰

欧阳修诗词文选评／黄进德撰

王安石诗文选评／高克勤撰

苏轼诗词文选评／王水照、朱刚撰

黄庭坚诗词文选评／黄宝华撰

秦观诗词文选评／徐培均、罗立刚撰

周邦彦词选评／刘扬忠撰

李清照诗词文选评／陈祖美撰

辛弃疾词选评／施议对撰

关汉卿戏曲选评／翁敏华撰

西厢记选评／李梦生撰

牡丹亭选评／赵山林撰

长生殿选评／谭帆、杨坤撰

桃花扇选评／翁敏华撰